KB078227

텀블러 장편소설

FUSION FANTASTIC STORY

현대
천마록

현대 천마록 8

텀블러 장편소설

초판 1쇄 찍은 날 § 2017년 1월 20일
초판 1쇄 펴낸 날 § 2017년 1월 27일

지은이 § 텀블러
펴낸이 § 서경석

편집책임 § 최지원

펴낸곳 § 도서출판 청어람
등록번호 § 제387-1999-000006호
등록일자 § 1999. 5. 31
어람번호 § 제1-2616호

주소 § 경기도 부천시 부일로 483번길 40 서경B/D 3F (우) 14640
전화 § 032-656-4452 팩스 § 032-656-4453
http://www.chungeoram.com
E-mail § chungeorambook@daum.net

ⓒ 텀블러, 2016

ISBN 979-11-04-91178-1 04810
ISBN 979-11-04-90912-2 (세트)

텀블러 장편소설

FUSION FANTASTIC STORY

현대 천마록 8

도서출판 청어람

차례

C O N T E N T S

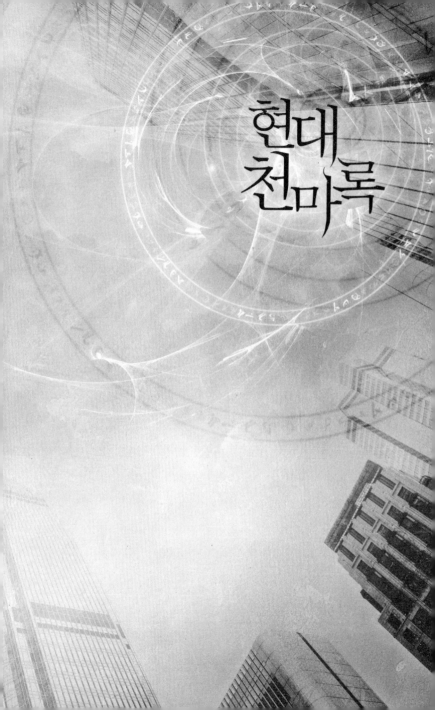

제1장
개조 인간

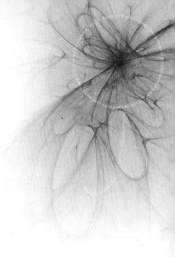

　제1 방공 여단 비밀 실험실 지하 2층에서 야차 중대의 본격적인 교전이 벌어졌다.

　중대의 일선에 선 화수가 무전기를 통하여 부하들에게 명령을 하달하였다.

　"소총수, 1번 타깃으로 화력을 집중하라."

　―입감.

　최지하를 포함한 중대의 소총수들이 악어 인간을 타격하기 시작하자, 수면 아래에 숨어 있던 또 다른 개체들이 흥분하여 모습을 드러내기 시작했다.

두두두두두!

크아아아앙!

―대장, 이놈들의 숫자가 한둘이 아닌 것 같은데?

"제기랄, 많이도 만들어놓았군!"

원래는 인간의 통제를 받았을 것으로 예상되지만 몬스터 간의 유전자 교합으로 태어난 개체이기 때문에 과연 어떤 돌발 행동을 할지 예측이 불가능했다.

화수는 지금 이 교전이 부대를 위기로 몰아넣을 수도 있겠다는 생각이 들었다.

"지정 사수."

―예, 대장님.

"자네들이 퇴로를 확보하고 멀티플 런쳐가 저놈들을 견제한다."

―입감!

"김태하 소령."

―소령 김태하.

"자네가 멀티플 런쳐와 함께 적을 섬멸한다. 그리고 측면으로 들어오는 몬스터들에 대한 경계도 소홀히 하지 않도록."

―예, 알겠습니다.

이제 화수는 한차례 시간을 벌어 저놈들과의 거리를 벌려야겠다고 생각했다.

지금 이 지역은 상당히 넓은 개활 지형이기 때문에 잘못하면 사방에서 악어들이 몰려와 순식간에 기세가 반전될 수 있었다.

때문에 화수는 최대한 입구가 좁은 곳을 통하여 놈들을 각개격파를 시키려는 것이다.

화수는 포화를 쏟아내는 소총수들의 엄호를 받으며 몬스터의 소굴로 달려 나갔다.

"내가 저놈들을 기절시키면 모두 퇴각하며 12시 방향의 좁은 골목을 향해 나아간다!"

—입감!

이제 모든 것은 화수가 얼마나 저놈들을 효과적으로 기절시키느냐이다.

그는 내력을 집중시켜 주먹으로 바닥을 한차례 내려쳤다.

"허업!"

쿠웅!

그러자 사방에 진동이 생기면서 악어들에게 내가진기가 빠르게 날아갔다.

지이이이잉!

이 진동은 악어들의 뇌하수체를 한차례 빠르게 흔들어 기절과 비슷한 효과를 냈다.

끄으으응.

"지금이다! 모두 12시 후방으로 퇴각할 수 있도록!"

─예!

김재성 소령은 멀티플 런쳐의 기능에서 레이저 라이플을 꺼내 들었다.

철컹!

─김태하 소령, 내가 먼저 사격해서 저놈들을 바비큐로 만들어 버리겠다. 그 나머지는 자네가 알아서 처리해 줄 수 있도록.

─알겠다.

멀티플 런쳐가 레이저를 뿜어내자, 악어들이 기절에서 깨어나기 시작했다.

우우우우웅, 퍼엉!

크아아아앙!

─일어났다!

─오케이!

김태하는 차분하게 가장 근거리에 있는 몬스터의 머리부터 꿰뚫어 접근을 미연에 방지하였다.

타앙!

푸하아아아악!

사방으로 터지는 몬스터의 피는 초록색이 아니라 인간의 것과 같은 붉은색이었다.

마치 사람과 사람의 전투처럼 사방으로 붉은 선혈이 낭자하는 이 광경을 바라보며 화수와 중대원들은 아연실색하였다.

"허, 허어!"

—인조인간이 맞는 것 같습니다. 아무래도 몬스터의 신경 체계가 인간의 것과 유사하도록 설계된 것 같아요.

"도대체 이해를 할 수가 없군. 종의 특성을 파악하기가 쉽지 않아."

—이놈들을 가지고 가면 국과수에서 무슨 말을 해주겠지요. 이런 개체들이라면 나사에서도 충분히 도움을 줄 수 있을 테고요.

"아무튼 12시 방향에 자리를 잡고 저놈들을 격멸시키는 것이 급선무다. 소총수들은 일찌감치 후방으로 퇴각하여 진지를 구축하고 기관총과 멀티플 런쳐가 안전하게 사격할 수 있도록 만들어주게."

—예, 알겠습니다.

김예린 중령은 강하나 대위를 데리고 무전탑을 건설하기 위해 길을 떠나기로 했다.

—대장님, 아무래도 이곳에 송신기를 설치하는 것이 좋겠습니다. 광대역 무전기가 먹통이라 유사시에 대비하기가 힘듭니다.

"알겠다. 그렇다면 부중대장이 강하나 대위와 함께 임무를 수행한다."

—잘 알았습니다.

야차 중대는 철저한 임무의 분담으로 인해 교전의 우위를 점할 수 있었다.

하지만 그들은 이내 자신들의 눈을 의심하게 되었다.

쿠그그그그그!

"진동?"

"놈들이 몰려오느라 이런 진동이 느껴지는 것일까요?"

"글쎄, 이건⋯⋯."

어느새 이어마이크를 사용하지 않아도 대화가 가능한 거리에 들어온 야차 중대원들은 방금 전에 일어난 진동에 대해 논하였다.

하지만 그 논의가 채 끝나기도 전에 거대한 폭발이 일어났다.

콰아아아앙!

"뭐, 뭐야?!"

"전방에 폭발입니다!"

"폭발?!"

잠시 후, 김태하 소령이 화수에게 다급한 목소리로 말했다.

"대장님, 폭발이 아니라 지하에서 엘리베이터 같은 것이 올라온 것입니다!"

"에, 엘리베이터?!"

송신기를 설치하려고 고지대로 올라간 김예린 중령이 무전을 보내왔다.

─대장님, 엄청나게 큰 물체입니다! 생명체인 것 같은데, 우리의 눈에는 발끝밖에 보이지 않습니다!

"뭐, 뭐라고?!"

─그뿐만이 아니라 이 위에서 무전으로 들어보니 지금 방공대대 전체가 날아가고 크기 80미터짜리 괴물이 모습을 드러냈답니다!

"허, 허어!"

─대장님, 아무래도 우리가 판도라의 상자를 연 것 같습니다.

"젠장!"

─하지만 그래도 저놈들을 더 이상 가만히 내버려 두었더라면 앞으로 더 엄청난 일이 벌어졌을 것이 뻔합니다.

화수는 일단 지하로 더 깊숙이 내려가 저런 물건을 뽑아낸 놈들에 대한 진상을 밝혀야겠다고 생각했다.

"김예린 중령, 지금 당장 광대역 라인을 연결할 수 있나?"

─예, 그렇습니다.

"그럼 핫라인 채널 코드 2451번에 적힌 값을 입력하여 무전을 보내게. 야차 중대는 지금 계속해서 지하를 탐사할 테니 저놈은 일레이드와 두 번째 스페셜리스트가 담당할 수 있도록 한다."

―예, 알겠습니다.

그녀는 광대역 라인에서도 청와대와 직결되는 채널로 접속하여 화수의 말을 그대로 전하였다.

이제 그의 바람대로 제2 스페셜리스트인 강유가 일레이드와 합세하여 저 거대한 몬스터를 쓰러뜨리게 될 것이다.

"무전에 대한 답이 왔나?"

―지금 일레이드와 연락이 닿았답니다. 제2 스페셜리스트는 이미 현장으로 나간 이후라고 하고요.

"좋아, 그럼 우리는 당장 지하로 내려가 조사를 계속한다."

―알겠습니다.

화수는 부하들을 데리고 초거대 몬스터가 나온 구멍으로 내려갔다.

*   *   *

같은 시각, 강유는 일레이드의 단장 레이시스와 함께 초대형 몬스터에 대한 분석에 나섰다.

쿠오오오오오!

무려 80미터에 달하는 저 몬스터는 온몸이 두꺼운 판금으로 되어 있는 데다 무게 또한 수백 톤에 이를 것으로 보였다.

이론적으로 본다면 저놈은 아무래도 생체 병기가 아닌가 싶다.

가브리엘이 초대형 몬스터에 대한 정밀 분석 결과를 내어놓았다.

"저 인간형 몬스터는 아무래도 몬스터의 DNA를 추출하여 만들어낸 생체 병기가 아닌가 싶습니다."

"그게 가능한 일인가? 아무리 생체 병기를 제작할 수 있는 기술이 발달한다고 해도 저런 놈들을 만드는 것은 불가능하다."

그녀는 고개를 가로저었다.

"아니요, 가능합니다. 만약 기계와 생명체의 결합을 온전히 이룰 수만 있다면 저렇게 큰 몬스터를 만들어내는 것도 무리는 아니죠. 더군다나 저놈의 행동을 좀 보십시오. 상당히 유연하고 빠르지 않습니까? 저건 생명공학으로밖에 만들 수가 없어요. 특히나 80미터나 되는 거대한 몸집을 움직이자면 보통 기계로는 불가능합니다."

인간의 육체와 비슷한 비율이지만 허리 라인이 상당히 가늘고 탄탄한 데다 신체의 밸런스가 좋아서 서서 달리거나 날렵한 움직임이 가능했다.

심지어 인간의 움직임보다 더 빠르게 움직이는 이 괴물을 포탄으로 맞추는 것 역시 쉽지가 않았다.

"그래서 이 몬스터를 어떻게 하면 좋겠나?"

"우선은 도심에서 최대한 멀리 떨어뜨리는 것이 좋겠지요. 이대로 교전이 벌어진다면 저놈을 잡아 죽여도 문제가 될 것입니다. 교전 중에 도시가 파괴될 것이고, 저놈 한 명이 흩뿌릴 파편만 해도 어마어마하겠죠. 제 생각엔 이번 교전으로 인하여 최소한 서울을 포함한 도시 다섯 개가 완파될 것으로 보입니다."

"하지만 지금 대한민국에서 저놈을 수용할 정도의 외곽 도시가 있겠나?"

"그나마 인구 비율이 낮은 경기도 북부 지역을 선택하는 것이 좋겠지요."

"흠……."

경기도 북부는 북한과 접경 지역이기 때문에 매번 상당한 긴장감이 조성되곤 한다.

만약 지금 저 몬스터가 국경 지대를 헤집고 다닌다면 국지 도발에 대한 여지를 남기는 셈이 된다.

또한 이렇게 엄청난 몬스터가 돌아다니는데 북한이라고 가만히 있을 수는 없을 것이다.

강유는 청와대로 전화를 연결하였다.

"나다. 최강유."

―고생이 많군.

"그딴 상투적인 감사 인사는 필요 없다."

―그렇겠지.

"아무튼 용건만 간단히 하겠다. 지금 당장 북한의 핫라인으로 연결하여 정상끼리 전화를 주고받을 수 있도록 해라. 우리가 몬스터를 경기도 북부 지역으로 몰아 잡을 테니 북한에게 그 어떤 도발도 자제할 것을 요청해라. 만약 그렇지 않으면 몬스터를 북한으로 올려 보내 그곳을 초토화시켜 버릴 것이다."

―…그렇게 되면 북한 주민들이 재앙을 입게 될 텐데?

"그럼 북한 살리자고 우리가 죽을까?"

―으음, 알겠다. 시키는 대로 움직이겠다.

"잘 생각했다."

강유가 전화를 끊자 일레이드의 용병들이 슬슬 전투 준비를 하였다.

용병단장 레이시스는 자신이 모아온 250명의 용병을 데리고 전투에 참전하겠다고 밝혔다.

"우리가 준비한 병력은 250명이다. 전투를 수행하는 수준은 거의 야차 중대와 비슷할 것이다."

"병력이 꽤 많이 모여들었군."

"저놈이 과연 어떤 능력을 가지고 있을지 도무지 알 수가 없어서 동원할 수 있는 최대한 힘을 썼어."

"그래, 좋았어. 그럼 용병단은 자네가 지휘하고 나는 저놈들을 몰아붙이는 데 주력하도록 하지."

"알겠네."

레이시스와 강유의 합동작전이 벌어지려 하고 있다.

*　　　*　　　*

서울 남부 지역을 중심으로 시작된 이른바 '폐사 바이러스'는 정부가 미처 대처할 새도 없이 퍼져 나갔다.

폐사 바이러스, 통칭 디브레는 인간을 제외한 모든 것에서 발현되었다.

곡식, 과실, 육류, 가금류, 어류, 어패류 등 인간이 먹을 수 있는 모든 것이 폐사하여 사라져 나갔다.

그나마 인간이 바이러스에 감염되지 않는 것은 다행이었으나, 폐사 바이러스로 인하여 대한민국은 물론이고 전 세계가 식량 대란에 휩싸이게 되었다.

통조림의 형태로 되어 있는 가공품만이 생존할 수 있기 때문에 참치나 복숭아, 옥수수 통조림 같은 음식은 돈을 주고도 구할 수가 없게 되었다.

또한 라면이나 과자, 육가공 식품 등 밀봉이 된 데다 방부제까지 많이 들어간 음식만이 살아남았기 때문에 슈퍼나 편의

점은 이미 물건이 텅텅 빈 상태였다.

폐사 바이러스가 창궐한 지 정확히 이틀 만에 대한민국의 모든 식량이 동나고 굶는 사람이 나타나기 시작하였다.

바로 이틀 전까지만 해도 쌀이 남아돌아 골칫거리로 여기던 대한민국에서 일어난 사건이라곤 도저히 믿기가 힘들었다.

사정이 이렇다 보니 항시 전투식량을 비축하고 있던 군수사령부는 병사들이 먹을 식량에서 일부분을 독거노인을 비롯한 불우이웃에게 나누어주었지만 역부족이었다.

이러한 사태가 일주일 이상 계속된다면 아마 주변 국가들이 식량 쟁탈을 위하여 전쟁을 벌이게 될지 모른다는 전망이 나오고 있었다.

한명희는 이 사태에 대처하기 위하여 전국에 비상령을 선포하고 군수품 공장의 범위를 확대시키고 전면전 태세에 돌입하였다.

현재 대한민국의 비상사태 발령 단계는 2단계로, 이제 한 단계만 더 격상되면 나라의 모든 생산 시설이 국가 소유로 임시 전환되게 된다.

비상사태가 발령되면 국가가 생존하기 위해 생산 시설을 국가가 운영하여 전 국민이 먹을 수 있도록 대체하게 되며, 그에 대한 시설 이용 비용은 추후에 정산하여 공장주에게 돌아가게 된다.

대한민국은 지금까지 수많은 비상사태를 겪었지만 지금과 같이 심각한 사태에 직면한 적은 없었다.

한명희는 2단계를 1단계로 격상하는 데 대한 회의를 하는 중이다.

청와대 대통령 집무실에서 열린 디브레 대책 회의에서는 비상사태 1단계를 내릴지 말지 결정될 것이다.

현재 대전 군수 사령부 인근에는 식량 재보급을 요구하는 행렬이 이어지고 있었는데, 만약 비상사태 1단계가 발령되면 이들을 군법으로 다스릴 수 있게 된다.

이것은 곧 대통령이 군통수권자로서 계엄령을 내릴 수 있게 된다는 뜻과 일맥상통한다.

계엄령이 선포되면 대통령령에 의하여 동원령이 선포되고 이에 해당하는 남자들이 신분 고하를 막론하고 징집된다.

징집령이 떨어지면 한국에 있는 모든 청년이 군에 징집되는데, 비상사태에서 징집령이 떨어지는 것은 북한과의 전면전을 대비한 처사이다.

비상사태 1단계에는 징집령 절차가 포함되어 있기 때문에 한명희가 선포를 미루고 있는 것이다.

한명희는 최측근들에게 자신의 생각에 대하여 피력하였다.

"우리가 움직이면 그만큼 손해를 볼 사람이 늘어납니다. 이에 대한 대책을 세우지 않고 법령을 선포하면 문제가 커질 수도 있어요."

"흠……."

그는 아직까지 침묵하는 측근들에게 질문했다.

"북한은 어떻게 지내고 있습니까?"

"식량 수급에 엄청난 타격을 받아서 지금 국민의 1/5이 사망했답니다."

"그렇게나 많은 사람이 죽었습니까?"

"북한은 원래 기아가 끊이지 않던 곳입니다. 더군다나 몸이 약한 사람이나 병자들은 식량 수급이 끊어지면 곧바로 절명할 수밖에 없습니다. 영양 공급이 끊어지면 목숨을 부지하기 힘드니까요."

"사태가 꽤 심각하군요."

"그러니 우리가 비상사태 1단계를 선포하는 것이 마땅할 수도 있습니다. 어쩌면 북한에서 선전포고 없이 치고 내려올 수도 있습니다. 실제로 군사위성에서 저들의 움직임이 포착되기도 했고요."

내각들이 한명희에게로 일제히 눈을 돌린다.

"각하, 결단을 내려주셔야 합니다."

"으음."

그의 결단 하나에 나라의 국운이 결정될 테니 그는 고민을 하지 않을 수 없었다.

사실 대한민국이 동북아의 평화를 위해서 수렵을 그만두게 되다면 북한 역시 심각한 타격을 입을 수밖에 없다.

지금도 한국은 북한에게도 치명적인 지역을 토벌하고 있기에 육군이나 자운대의 역할은 절대적이라 할 수 있었다.

그렇지만 한국이 그런 행위를 하고 있다고 해도 북한의 입장에서 본다면 그저 이용해야 할 도구일 뿐이다.

때문에 식량이 떨어지면 기습 남침으로 전쟁을 끝내려 할 수도 있을 것이다.

하지만 한명희가 동원령을 선포하면 나라 전체가 전면전의 상태로 들어가기 때문에 기아가 본격화될 수도 있었다.

결정하기 쉬운 사안은 아니나, 결단을 내리지 않으면 더욱 큰 문제가 발생하게 될 것이다.

그는 묵묵히 입을 열었다.

"비상사태 1단계를 격상하지 않습니다."

"그렇다면 북한은……."

"북한은 최강유 전 의원이 알아서 할 것입니다."

"……?"

"현재 수도 서울에 나타난 초대형 몬스터를 경기도 이북으로 끌고 올라간다는 계획을 수립하였습니다. 여차하면 놈을 북으로 끌고 올라갈 수도 있다고 하니 걱정할 필요 없을 것 같군요."

"몬스터로 북한을 막자는 말씀이십니까?"

"예, 그렇습니다."

"하지만 그것은 인류적으로……."

"저놈들이 기습 남침을 하는 것은 인류적입니까?"

"흠, 그렇긴 합니다만."

"다른 대안이 없습니다. 괜히 동원령 선포를 했다가 사회적 혼란만 가중시킬 수 있습니다. 우리는 북한에 대한 문제를 최강유 전 의원에게 맡겨놓고 바이러스 퇴치에 대한 문제에만 집중하면 됩니다."

내각은 바이러스 퇴치에 대한 문제 해결이 쉽지 않다는 것을 피력하였다.

"안 그래도 그 문제에 대해서 말씀드리려던 참입니다."

"바이러스의 정체에 대한 정보가 조금이라도 나왔습니까?"

"파악이 안 됩니다. 이놈들이 어떤 작용을 하는지는 파악이 가능하지만, 이놈들의 특성이나 약점은 파악이 되지 않습니다. 그렇기 때문에 대처가 불가능한 것이지요."

"난감하군."

"다만 한 가지 확실한 것은 전염 속도가 말도 안 되게 빠르다는 것과 인간에겐 무해하다는 점이지요."

디브레 바이러스가 가장 치명적인 점은 어떻게 전염되는지도 모르는 데다 진원지를 알 수가 없다는 것이다.

치료 방법도, 제압할 방도도 없어 앞으로 인류가 멸망의 골짜기로 걸어가는 지름길이 될 것이다.

한명희는 CDC와 연계하여 연구하는 것에 대해 종용하였다.

"미국과 유엔에선 뭐랍니까?"

"그들도 별다른 방법이 없답니다. 그래서 디브레 중앙 연구회를 조직하여 내일부터 본격적인 연구에 돌입할 예정입니다."

"이제 더 이상 시간이 지체되면 우리는 다 죽습니다. 그러니 어서 대처 방안에 대해 연구해 봅시다."

"예, 각하."

한명희가 회의를 마쳐갈 때쯤, 문밖에서 인기척이 느껴진다.

똑똑.

"각하, 전방에서 무전이 왔습니다."

비서실장의 말에 한명희가 대답하였다.

"무슨 내용입니까?"

"몬스터의 진행 방향이 바뀌었다고 전해왔습니다. 이제 북한에 핫라인을 연결하시지요."

"네, 알겠습니다."

한명희는 최고 통수권자끼리 연결된 핫라인을 동원하여 전화 연결을 시도하였다.

이제 그가 어떻게 얘기를 이끌어 나가느냐에 따라서 남북 관계의 미래가 결정될 것이다.

*   *   *

서울 강남에 위치한 크루즈 선착장에 강제와 홍란이 당도해 있다.

홍란은 이미 폐쇄되어 버린 선착장 앞에서 이리저리 사방을 살펴보고 있는 중이다.

강제는 그녀가 망을 보는 동안 선착장 입구에 있는 자물쇠를 절단기로 자르고 문을 열었다.

철컹!

그는 문을 열자마자 홍란을 불러들였다.

"이쪽으로!"

"응!"

홍란이 강제를 따라서 선착장 안으로 들어서자, 사방의 감시 카메라가 작동하여 두 사람을 쫓았다.

하지만 이미 감시 카메라의 사각지대를 전부 파악해 둔 강제이기 때문에 별다른 어려움 없이 감시망을 빠져나갈 수 있었다.

강제가 자신의 손을 꼭 붙잡은 홍란을 바라보며 물었다.

"그런데 홍란아, 정말 같이 가지 않는 것이 좋겠어."

"…어째서?"

"너무 위험해. 너도 그때 봤잖아? 이곳에서부터 바이러스가 창궐한 것을 말이야."

홍란이 강제의 옆구리를 힘껏 꼬집었다.

우득!

"으윽!"

"그런 말 하지 마. 내가 설마 너 혼자 이런 위험한 곳에 보낼 것 같아?"

"하, 하지만 어차피 위험하다면 둘보다 혼자가 낫지 않겠어? 죽어도 혼자 죽는 것이 낫지."

"…말도 안 되는 소리. 빨리 가려면 혼자 가고 멀리 가려면 같이 가라는 말도 몰라?"

"그렇긴 한데 이건 좀……."

평소의 홍란은 강제가 시키는 대로 곧잘 따라가는 수동적인 여자였지만 어느 순간부터는 그녀가 강제를 리드하고 있었다.

아주 어려서부터 계속된 두 사람의 관계가 언제부터인가 변하기 시작한 것이다.

그는 홍란의 강요에 의해 어쩔 수 없이 동행을 수락할 수밖에 없었다.

"아무튼 우리가 찾은 지도를 따라서 의심 지역으로 가야 해. 어차피 바이러스는 인체에 해롭지 않다면서?"

"그건 가설일 뿐이야."

"가설이 틀렸다면 지금쯤 우리는 다 죽었겠지. 안 그래?"

"뭐, 그건 그렇지."

홍란이 그를 따라서 이곳까지 온 것은 그녀가 한때 대학에서 의학을 전공했기 때문이다.

비록 집안의 반대에 부딪쳐 의대에서 교대로 전과를 하긴 했지만 그래도 의학에 대한 지식은 여전했다.

대학에서 4년 내내 전과 수석을 놓치지 않던 그녀는 의학에 대한 지식은 상당히 해박한 편이었다.

거기에다 고등학교 때부터 화학과 공학에 대한 관심이 많던 그녀이기 때문에 교대를 다닐 때에도 화학에 대한 복수 전공을 놓지 않았다.

비록 메이저로 나갈 수 없는 몸이긴 했어도 그녀의 학구열은 아직까지 대단했다.

그녀는 태블릿 PC에 담아온 크루즈선의 지도를 살펴보며 그에게 진행 방향에 대해서 설명하였다.

"이제부터 우리는 지하 3층으로 가야 해. 그곳에 선창이 있는데, 얼마 전에 물건을 선적한 기록을 살펴보니까 선창 하나가 계속 비어 있던 것 같더라고."

"선창이 비어 있었다고?"

"이렇게 거대한 크루즈를 운용하려면 당연히 물자가 많이 필요할 텐데, 지하 3층의 선창을 비워두었을 정도면 뭔가 있는 것 아니겠어?"

"그래, 네 말을 듣고 보니 그런 것 같네."

강제는 그녀의 말에 따라서 선창의 지하를 향해 걸어가기 시작했다.

뚜벅뚜벅.

비록 재벌가에서 태어나긴 했어도 4년 동안 부사관으로 복무한 강제는 해병대 수색대 출신에 수색대 최고의 스나이퍼였다.

겉보기엔 그리 단단해 보이지 않는 강제이지만 크루즈 수색 정도는 눈을 감고도 할 수 있었다.

그는 동대문 뒷골목에서 산 K—5 권총을 들고 천천히 이동하였다.

강제는 그녀를 데리고 1층 플로어에 당도하였다.

끼익.

플로어의 문을 살며시 열어본 강제는 그녀를 문밖 복도 벽으로 몰았다.

"잠깐."

그는 주머니에서 반사경을 꺼내어 자신의 반대편이 있는 사각지대를 살폈다.

그제야 그는 안심하고 그녀를 불러냈다.

"완료. 들어가자."

"으, 응."

강제의 집중력이 최고조에 올랐을 즈음, 그의 귀에 어디서부터인가 인기척이 들렸다.

끼익, 끼익.

순간, 그는 홍란의 손을 잡고 플로어에 있는 사물함으로 달려갔다.

"이쪽으로!"

그는 홍란과 함께 사람 두 명이 간신히 설 수 있는 사물함으로 들어갔다.

그러곤 살며시 문을 닫아 인기척을 흘려보내기로 했다.

잠시 후, 그의 예상대로 한 무리의 사내가 플로어로 들어왔다.

"꺼억! 배가 부르군!"

"어지간히도 먹네. 도대체 그렇게 먹고도 또 먹을 공간이 남아 있다는 것이 신기해."

"…남이야 많이 먹든 말든 무슨 상관이야?"

"그래, 많이 처먹어라."

잠시 후, 그들은 가방에서 뭔가 수상하게 생긴 스프레이를 꺼내어 서로에게 분사하였다.

　치이이이이익!

　강제는 고개를 갸웃거렸다.

　"…뭐지? 소독하는 건가?"

　"아무래도 그런 것 같은데?"

　한 무리의 사내들은 스프레이로 크루즈의 입구까지 세척한 후 플로어에 있는 의자에 앉아 휴식을 취하였다.

　"후우, 좀 살 것 같다!"

　"그나저나 3층에선 언제쯤 연구가 끝난대? 아주 지겨워 죽겠네. 언제까지 여기에 있어야 하는 거야?"

　"모르지. 변종을 계속 만들어내는 것이 어디 그리 쉽겠냐? 그리고 그에 대한 백신을 만드는 것도 쉽지 않을 것이고."

　강제와 홍란은 동시에 서로의 눈을 바라보았다.

　그들의 말에 따르자면 이곳에서 바이러스의 백신을 제조하고 있다는 소리가 된다.

　어쩌면 저들이 뿌린 저 스프레이가 백신일지도 모른다.

　"…3층이라고 했지?"

　"응."

　"좋았어. 이 일이 끝난 후에 형에게……."

　강제가 약간 흥분해서 홍란을 바라보자, 그녀가 갑자기 고개를 푹 숙였다.

"……."

"왜 그래?"

"아, 아니야."

고개를 갸웃거린 강제는 문득 자신의 아랫도리가 불쑥 솟아올랐다는 것을 깨달았다.

아주 잠깐이지만 너무나 긴장하고 있던 강제이기에 자신의 그곳이 화를 내고 있다는 것도 잊고 있었다.

순간, 강제가 얼굴을 붉혔다.

"…미안해. 고의로 그런 것은 아니야."

"알아. 하지만 고의로 그랬다고 해도 난……."

"으, 응?"

"기쁠 것 같아."

그녀는 부끄러운 듯 옅은 미소를 짓고 있었다.

순간, 강제의 뇌리에 잊고 있던 그날 밤의 기억이 마치 비디오처럼 스쳐 지나갔다.

그제야 강제는 자신이 무슨 짓을 벌인 것인지 깨달았다.

그리고 그것은 그녀 역시 또렷하게 기억하고 있는 것임을 알게 되었다.

아무것도 모를 땐 그냥 쑥스러웠다면 그때의 기억을 간직하게 되자 몸이 알아서 반응하였다.

강제는 그녀의 입술에 자신의 입술을 살며시 포갰다.

츕.

거의 소리가 나지 않았지만, 두 사람의 숨결은 티가 나게 거칠어지고 있었다.

아마 이대로 조금만 더 시간이 지난다면 두 사람은 이성을 잃게 되고 말 것이다.

강제는 가까스로 이성의 끈을 다잡았다.

"…나머지는 나중에 따로 얘기하자."

"꼭이야?"

"당연하지."

두 사람은 사내들이 사라질 때까지 사물함에 머물며 바깥의 동정을 살폈다.

제2장

의문이 풀리다

　방공 여단 비밀 실험실 지하에 나 있는 구멍으로 로프를 타고 내려간 화수는 그 안으로 소형 레이더를 집어넣었다.

　삐빅, 삐빅.

　그가 가지고 간 레이더는 크기가 작아서 주로 작은 구멍을 타고 지하로 내려가 주변을 살피는 데 사용된다.

　크기가 작기는 하지만 레이더의 검색 범위가 거의 전투기 수준이기 때문에 지하 실험실 정도면 충분히 커버가 가능했다.

　삐이이이

하지만 이상하게도 레이더가 제대로 작동을 하지 않는다.

"이상하네. 전파가 되돌아오지 않는데?"

"그게 무슨 말씀이십니까?"

"아무래도 이 아래에 더 깊고 큰 뭔가가 있는 것 같아."

"흠······."

화수는 전략을 바꾸기로 했다.

"굴삭 드릴을 타고 내려가자."

"하지만 잘못했다간 장비에 우리까지 죽을 수도 있습니다."

"그래도 맨몸으로 내려가는 것보다는 낫겠지."

"하긴, 그건 그러네요."

황문식 중령은 대원들을 다시 굴삭 드릴에 탑승시켰다.

부르르르르릉!

그는 벽면을 타고 내려갈 수 있도록 고정 케이블 모드로 전환시켜 천천히 아래로 내려갔다.

고정 케이블이 화약을 머금고 벽에 고정되자, 굴삭 드릴이 벽면을 타고 천천히 아래로 미끄러져 갔다.

드르르르륵.

황문식은 굴삭 드릴의 레이더를 통해 앞을 살피며 더욱 천천히 아래로 내려갔다.

그렇게 10분쯤 지났을 무렵, 그들의 앞에 뭔가 정체를 알 수 없는 시설물들이 모습을 드러냈다.

기역 자로 된 시설물의 크기는 아무리 작게 잡아도 10미터는 될 듯했다.

"이게 뭘까요?"

"으음, 어디서 많이 본 것 같기는 한데……."

가만히 시설물들을 바라보던 제이나가 무릎을 쳤다.

"도크! 배를 수리할 때 사용하는 도크 말이야!"

"허, 허억! 그러고 보니 그러네!"

화수는 이 도크가 바로 아까 전 그 몬스터를 고정시키던 물체임을 어렵지 않게 알 수 있었다.

"그렇다면 이곳에 도크를 만들어놓고 저런 엄청난 물건을 만들고 있던 거야?"

"아무래도 그런 것 같지?"

"…미쳤군. 저런 몬스터를 세상 밖으로 내어놓을 생각을 하다니 말이야."

저놈에게 과연 무슨 능력이 있는지 알 수는 없으나, 만약 저놈이 유전자공학으로 만들어졌다면 그 능력이 범상치 않을 것이 분명했다.

화수는 조금 더 아래로 내려가 보기로 했다.

"황 중령, 아래로 더 내려가자고."

"예, 대장님."

황문식이 도크에 새로운 고정 케이블을 매달고 아래로 내려가자, 도크의 벽면에 달려 있는 초대형 케이블들이 모습을 드러냈다.

일동은 동시에 고개를 갸웃거렸다.

"이건 또 뭐야?"

"전기 설비인가?"

제이나는 너무나 어처구니가 없어서 헛웃음을 짓고 말았다.

"허, 허어! 이렇게 거대한 전기 설비가 있다고? 그것도 이런 지하 시설에?"

"제네시스 스쿼드의 능력이 만만치 않은 것 같아. 제아무리 돈이 많다고 해도 이런 시설을 함부로 지을 수는 없어."

제네시스 스쿼드의 뒤를 쫓아 발견한 이 지하 시설은 명실상부한 현존 최고의 규모라고 볼 수 있었다.

이런 도크가 매달려 있고 80미터에 달하는 몬스터를 개발하자면 보통의 설비로는 어림도 없을 것이다.

화수는 어쩌면 제네시스 스쿼드가 한국에만 뿌리박은 무리가 아닐 것이라고 생각했다.

"그냥 자금만 많은 것이 아니라 이것이 실현 가능한 힘까지 지니고 있어. 어서 빨리 처치하지 않으면 인류가 어떤 위기에 직면하게 될지 아무도 모른다."

"그 말에 100% 공감합니다."

도대체 이들의 정체는 어디에서 조사를 멈추어야 할지 모르게 만드는 무언가가 있는 것 같았다.

화수는 이제 바닥으로 일루미네이터를 던져보기로 했다.

"황 중령, 아래 좀 보자."

"예, 대장님."

끼이이이익, 퍼엉!

소형 조명탄이 낙하산을 매달고 아래로 내려가기 시작했다.

그러자 조명탄이 한참을 날아가 보라색 물이 넘실거리는 두 번째 도크에 닿았다.

"물?"

"액체이긴 한데 뭔가 좀 특별합니다."

일루미네이터는 물에 닿자마자 꺼지지 않고 조금 더 산화하다가 꺼졌다.

이것은 저 액체가 일반적인 물과는 조금 다르다는 것을 방증하고 있는 것이다.

"저게 도대체 뭐지?"

"아래로 내려가 봐야 알 것 같습니다만?"

화수와 야차 중대가 15미터 아래에 있는 보라색 물가로 다가가려는 바로 그때였다.

위이이이이이잉!

─알립니다. 실험체 제2호기, 2호기 발진을 준비합니다.

순간, 화수의 표정이 와락 일그러졌다.

"두, 두 번째 실험체가 있었어?!"

"세상에!"

도대체 얼마나 대단한 힘을 가졌으면 80미터짜리 괴물을 두 개나 만들 수 있는지 가늠조차 할 수가 없는 야차 중대이다.

일단 화수는 놈들의 발진에 대비하여 몸을 숨기기로 했다.

"황문식 중령, 피할 구석이 있겠나?"

"다행히도 이곳이 워낙 시끄러워서 드릴질을 좀 해도 문제가 안 될 것 같습니다. 벽을 뚫고 들어가시지요."

"그래, 그럼 그러자고."

드르르르르륵!

황문식의 능숙한 조작에 의하여 야차 중대는 아주 작은 동굴에 굴삭기를 놓고 한참이나 대기할 수 있게 되었다.

*   *   *

대략 한 시간 후, 지하 기지에선 두 번째 실험체를 발사하는 작업을 거의 다 마무리하였다.

이번에는 무려 90미터에 달하는 거대한 키에 날개에 꼬리까지 달린 몬스터가 출격을 대기하고 있었다.

몬스터가 출격 대기를 하고 있을 무렵, 저 위에서 마치 누에고치처럼 생긴 알이 하나 내려와 활짝 열려 있는 몬스터의 목덜미 부근 입구로 삽입되었다.

꿀렁!

─파일럿 2번, 삽입 완료.

이 모든 과정을 살펴보고 있던 야차 중대는 몬스터를 조종하는 것이 인간이고 그 인간이 몬스터 안에 직접 삽입된다는 사실을 알게 되었다.

"알의 형태로 삽입되면 신경이 서로 연결되는 것인가? 어떤 방식으로 움직이는 거지?"

"전자 기기로 움직일 수도 있고 뇌를 대신하여 인간이 들어가는 것일 수도 있고요."

"흠……."

화수는 깊은 고민에 빠졌다.

"지금 올라간 1호기도 충분히 강력한 놈이겠지?"

"그렇지요."

"그렇다면 저놈마저 위로 올라간다면 일이 상당히 커지겠군."

"두말하면 잔소리입니다."

그는 이내 깊은 고민을 끝내고 모든 것을 실행에 옮기기로

의문이 풀리다 43

했다.

"저놈들을 공격한다."

"예?"

"아직까지 저 거대한 놈이 움직이지 않았으니 해볼 만한 가치가 있지 않겠나?"

"하지만 잘못하면 내사를 하기도 전에 다 죽을 수도 있습니다."

"알아. 하지만 우리가 죽어서 저놈들을 막으면 수백, 수천만의 목숨이 살 수 있다."

"으음."

"만약 하기 부담스러우면 빠져도 좋다."

야차 중대는 일제히 고개를 저었다.

"말도 안 되는 소리입니다. 대장님이 혼자서 움직인다면 그땐 이미 우리가 모두 죽어 없어졌을 때의 일입니다."

"정말 가지 않아도 된다."

"갈 겁니다."

화수는 실소를 흘렸다.

"결국 갈 것이면서 빼기는."

"…대장님이 워낙 고집이 세시니 그렇지요."

제이나는 이런 독불장군 같은 화수가 참으로 좋았다.

"난 자기의 그런 모습이 너무 좋아. 쇠심줄 같은 뚝심이 있어서 침대에서도 나를 기절시켜 줄 것 같거든."

"험험, 맥락이 좀 안 맞는 것 같은데?"

그녀는 화수의 가슴을 손으로 스윽 훑으며 말했다.

"안 맞아도 괜찮아. 아직까지 내가 자기를 포기하지 않았다는 것을 알렸으면 됐거든. 이제 충분히 알았지?"

"…그래, 아주 잘 알겠어."

최지하가 그런 그녀의 끈적끈적한 접근을 단박에 밀어냈다.

"그만 좀 나와, 이 할망구야. 작전 중인 것 안 보여?"

"우리 꼬맹이 많이 컸네? 이제 나를 손으로 막 밀치잖아?"

"원래 가슴은 당신보다 내가 컸거든?"

"에이, 설마?"

"지금이라도 한번 재볼까, 누가 더 큰지?"

"좋지!"

당장에라도 옷을 벗으려는 두 사람에게 화수가 식겁하며 손을 내저었다.

"…무슨 스트립쇼라도 할 생각이야? 갑자기 왜들 이래?"

"하하! 저희들은 좋습니다만?"

황문식과 김재성이 실실거리면서 두 사람에게 다가오자, 최지하가 그들의 목덜미에 전투용 대검을 들이밀었다.

척!

"지금 여기서 회 한번 뜨고 내려갈까?"

"…아, 아하하! 그렇게 흥분할 필요 없어! 안 그래요, 대장?"

"그냥 죽여 버려."

한심한 듯 읊조린 화수의 한마디에 두 사람은 식은땀을 흘렸다.

"진짜 죽일지도 몰라요."

"그러니 적당히 까불어. 죽기 싫으면."

"헤헤, 알겠습니다!"

두 커플의 난리 법석으로 인해 조금은 경직되었던 중대의 분위기가 한층 부드러워졌다.

화수는 드릴을 이곳에 두고 침입 작전을 펼치기로 했다.

"그럼 한번 가볼까?"

"예!"

야차 중대는 오늘도 스스로를 사지로 몰아넣기 시작했다.

*   *   *

경기도 북부 파주시에 위치한 산비탈에 80미터의 판금 생명체가 나타났다.

쿠웅, 쿠웅!

쿠오오오오오!

자꾸만 괴성을 내지르는 괴생명체 덕분에 인근의 주민들은 알아서 대피할 수 있었다.

수도 방위 사령부 소속 포병들은 이곳에 화력을 집중하여 놈의 전진을 최대한 저지하고 있었다.

—전포, 사격 준비 끝!

—발사!

콰과과과광!

무려 1개 사단급 포병력이 놈에게 포탄을 쏘아댔으나, 그것은 허무하게 막히고 말았다.

크르르르르릉!

끼이이이잉!

놈은 포탄을 무력화시키는 방어막을 펼쳐 방어를 실현해 냈다.

포병들은 방어막을 무력화시키는 모든 방법을 동원해 보았으나 역시 번번이 실패하였다.

강유는 용병들과 함께 포병 임시 사단 중앙 통제실에 들어가 상황을 지켜보았다.

"쉽지 않겠는데?"

"도대체 저런 방어막은 누가 사용할 수 있던 거지?"

"레이바안도 그랬고 지그스터도 그랬지."

"으음, 그랬던가?"

"아무튼 이대로 두면 사태가 좀 더 심각해질 수도 있어. 어서 공격 타이밍을 잡자고."

강유는 자신이 메인으로 놈을 두들겨 패주고 나머지 병력이 호위해 준다면 충분히 승산이 있다고 생각했다.

그는 임시 사단장에게 청와대에서의 소식을 물었다.

"청와대에선 뭐랍니까?"

"북한과의 협상이 끝났답니다. 그쪽에서 절대로 도발하지 않겠다고 약속했답니다."

그는 만족스럽게 웃었다.

"후후, 하긴 이런 상황을 지켜보고 있는데도 도발한다면 그건 미친놈들이지."

"만약 이놈이 휴전선을 넘게 된다면 무슨 일이 일어날지 모르는데 당연한 소리지."

이제 강유 일행은 가칭 '로키'에 대한 공략에 나서기로 했다.

강유는 저놈의 방어막부터 찢어놓아야 승산이 있다고 판단하였다.

"내가 저놈의 방어막을 무력화시킬 테니 그 틈을 타서 공격을 시작하자고."

"할 수 있겠나?"

"해봐야지."

혼원귀일신공의 내가진기가 강유의 온몸 구석구석을 돌아

다니며 그의 신형에서 금빛 물결이 일렁이기 시작했다.

고오오오오!

이제 강유의 주변으로는 금룡이 자신의 몸을 산화한 채 금빛 안개의 형태로 맴돌고 있었다.

크르르르릉!

강유가 뿜어낸 금룡이 언제라도 출수될 수 있고 그의 장법이 로키의 방어막을 타격할 준비가 되었다.

그는 시간을 오래 끌지 않았다.

"허업!"

금빛 안개가 강유의 신형을 하늘 높이 밀어내어 마치 금색 제트기가 하늘로 뻗어 올라가는 형상이 되었다.

그야말로 찰나의 순간에 하늘로 올라간 강유가 로키의 방어막 앞에 당도하였다.

쇄에에에엥!

그는 마하의 속도에서 뿜어져 나오는 반동을 이용하여 장을 쳤다.

"연화장!"

강유의 손이 수려한 금빛 연꽃을 자아내며 신묘하게 움직여 거대한 로키의 복부로 향했다.

끼이이이잉!

순간, 로키의 몸에 무지갯빛 방어막이 펼쳐지면서 강유와

괴수 간의 힘겨루기가 시작되었다.

강유는 이놈이 펼치는 이 엄청난 방어막이 인간의 경지를 초월한 자신조차 함부로 어찌 할 수 없다는 것을 깨달았다.

"…빌어먹을!"

우오오오오오!

꾹 다물려 있던 로키의 아가리가 벌어지며 거대한 이빨이 그 모습을 드러냈다.

놈은 자신의 복부에서부터 시작된 두 세력의 충돌을 와해시키기 위하여 거대한 주먹을 휘둘렀다.

부웅!

강유는 화들짝 놀라 놈의 주먹을 간신히 막아냈다.

"이런 제기랄!"

콰아앙!

80미터가 넘는 크기의 괴물이 휘두른 것이라곤 전혀 믿어지지 않는 속도였다.

덕분에 주먹을 피해내지 못하고 자신의 호신강기로 받아낸 강유는 저만치 날려가 산비탈 중턱에 처박히고 말았다.

쿠우우웅!

"쿨럭쿨럭!"

─괜찮나?!

"저런 씨부랄 괴물 새끼가……!"

강유는 이번 싸움이 결코 만만할 것이라곤 생각하지 않았지만 지금처럼 처참하게 얻어맞을 줄은 미처 상상하지 못했다.

그는 자리에서 일어나 자신의 몸에 묻은 흙먼지를 털어냈다.

툭툭.

"개자식, 오늘 아주 잡아서 족쳐주마!"

강유가 다시 땅을 박차고 전방으로 쏘아져 나갔다.

쉬이이이이이익!

이번에는 그의 금빛 안개가 마치 쐐기의 모양처럼 변하여 목표물까지 단숨에 날아갔다.

거대한 화살이 된 강유가 놈의 방어막 앞에 당도하자, 이번에는 놈의 손에서 날카로운 손톱이 돋아나기 시작했다.

뚜두두두두둑!

놈은 강유의 신형을 쳐내기 위하여 손톱을 한껏 크게 휘둘렀다.

부웅!

하지만 이미 한 번 맞아 날려간 강유가 또다시 놈의 공격에 당할 정도로 멍청한 사람은 아니었다.

"시도는 좋았다만, 내가 그렇게 멍청한 놈은 아니다!"

강유는 곧장 방향을 틀어 물뱀이 춤을 추듯이 꾸물거리며 놈의 옆구리를 파고들었다.

쐐에에에에엥!

굽이치는 화살처럼 교묘하게 놈의 공격을 피해낸 강유는 자신의 내력을 화살촉 끝에 집중시켰다.

"백결신권!"

스스스스스스!

순백색 진기가 금빛 안개와 만나 엄청난 크기의 금색 폭탄을 만들어냈다.

끼이이이잉!

"죽어라!"

강유의 일장이 놈의 옆구리에 닿자 섭씨 삼천 도의 열이 발생하며 두 세력 간에 충돌이 일어났음을 알렸다.

이제 남은 것은 강유의 정신력이 강하냐, 로키의 몬스터 코어가 강하냐의 싸움이었다.

강유는 초인적인 힘으로 정신력을 집중시켜 스스로의 유토피아로 자아를 보내 버렸다.

눈을 감은 강유의 심연은 이제 내력을 분출시키는 데에만 사용될 뿐 그 어떤 반응도 보이지 않을 것이다.

한마디로 강유는 내공을 뻗어내는 기계처럼 자신의 모든 것을 비워낸 것이라 할 수 있었다.

그의 그런 노력 덕분이었을까?

찌지지지직!

"방어막이 찢어진다!"

"허, 허어! 저 사람, 도대체 정체가 뭐야?! 스페셜리스트와 비슷한 경지인 것 같은데?!"

"…자세한 것은 몰라도 이 세상엔 괴물이 차고 넘친다는 것을 방증하는 셈이지."

"후우, 정말이지, 저들이 만약 적이었다면 이 세상은 과연 어떻게 되었을지 상상조차 하기 싫군."

강유나 화수와 같은 초인이 인류의 편인 것이 천만다행이라 여기는 가운데, 레이시스의 무전기로 강유의 목소리가 들려왔다.

—지금이다! 포격을 시작해!

"알겠다!"

레이시스는 임시 포병사단과 함께 용병단의 모든 화력을 집중시키기로 했다.

"전군, 일제히 사격 개시!"

철컥!

콰과과과광!

거의 전면전에 육박하는 폭발적인 화력이 로키의 찢어진 방어막 안으로 쏟아져 들어갔다.

강유는 방어막 밖으로 살며시 물러나 혹시나 모를 놈의 방어막 재생성에 대비하였다.

쿠우우웅!

하지만 다행히도 방어막이 재생되는 일은 벌어지지 않았다.

—제1차 타격 성공!

"좋았어! 계속해서 사격하라!"

—입감!

포병사단의 전 포대가 쉬지 않고 목표물을 궤멸시키기 위하여 화력을 뿜어냈다.

쾅쾅쾅쾅쾅!

하지만 놈의 단단한 장갑은 뚫릴 생각을 하지 않았다.

—단단합니다. 심지어 타격을 입는 것 같지도 않습니다.

—기용 가능한 모든 화력을 동원하라! 지대공미사일이고 뭐고 손에 집히는 것은 다 때려 넣으란 말이야!

—입감!

임시 포병사단이 기용할 수 있는 모든 수단을 동원하여 놈을 타격하고 있을 무렵, 강유는 놈의 약점을 찾아내기 위하여 화마 속으로 기꺼이 몸을 던졌다.

꿀렁!

금색 호신강기를 몸에 두른 채 방어막 안으로 들어간 강유는 이 괴물의 장갑이 거의 건물 수준으로 촘촘히 수놓아져 있는 것을 알 수 있었다.

그리고 그 장갑 안에는 아주 딱딱한 껍질로 보이는 내피가 한차례 더 자리를 잡고 있어 충격을 흡수하는 것처럼 보였다.

아마 이대로 계속 화력을 집중시킨다고 해도 놈을 쓰러뜨릴 수는 없을 것 같았다.

"기껏 해봐야 놈을 견제하는 용도로나 사용이 가능하겠군."

강유는 그대로 비풍신법을 밟아 도저히 끝을 알 수 없는 놈의 몸을 타고 내달리기 시작했다.

파바바바바밧!

재빠른 강유의 신형이 굴곡이 진 놈의 몸을 밟고 올라가자, 거대한 신형이 서서히 움직이기 시작했다.

쿠그그그그그!

─목표물이 반응한다!

─제기랄! 포대, 놈의 파상 공세에 대비하라!

잠시 후, 놈은 거대한 등껍질을 날개의 형태로 변환시켰다.

뚜두두두둑!

─허, 허어억!

─노, 놈이 날짐승으로 바뀌었다! 모든 대공화망을 기용시켜 저놈을 타격하여라!

─입감!

지대공미사일을 총동원하여 놈을 사격하려 했으나, 로키의 비행 능력은 타의 추종을 불허하는 수준이었다.

더군다나 미사일이 날아가 놈을 맞춘다고 하여도 장갑을 뚫고 갈 수가 없기 때문에 기껏해야 신형을 아주 미미하게 흔드는 수준에 불과하였다.

한편, 놈의 몸에서 외줄 타기를 하는 강유는 죽을 맛이었다.

쒜에에에에엥!

"이, 이런 미친놈이?! 갑자기 무슨 용가리라도 된 것인가?!"

제아무리 내공이 깊다곤 하나 제트기보다 더 빠른 놈의 몸에 매달려 평화롭게 버티는 것은 결코 쉽지 않은 일이다.

하지만 초인적인 인내심과 끈기로 놈의 장갑에 난 아주 작은 틈을 잡고 버티고 있었다.

강유는 놈이 마하의 속도를 넘나들면서 날아다니고 있는 순간에도 약점이 될 만한 곳이 있는지 찾아보았다.

이미 인간의 시력을 뛰어넘은 강유이기 때문에 100미터 앞을 내다보는 것쯤은 별것도 아니었다.

그는 동체 시력을 이용하여 놈의 몸을 훑어 내리다가 아주 작은 찰나의 순간에 심장에서 뻗어 나오는 푸른색 아지랑이를 발견하였다.

"…틈이다!"

온몸이 꽁꽁 감싸여 있는 것으로 보이던 놈이지만 결국엔 인간이 만들어낸 기계에 불과했다.

"이 새끼, 찾았다!"

강유는 주먹을 뻗어 마치 뾰족한 아이스바일처럼 사용하였다.

까앙!

발에는 내공으로 만들어낸 아이젠이 붙어 있기 때문에 놈의 몸을 마치 빙벽처럼 기어 올라갈 수 있었다.

거미줄에 붙은 거미처럼 아주 능숙하고 민첩하게 움직인 강유는 놈의 몸에서 푸른색 연기가 나오는 구멍까지 단숨에 달려 나갔다.

잠시 후, 그는 자신의 얼굴을 스치는 푸른색 연기를 발견하였다.

스릉!

바로 그때, 강유는 푸른색 연기가 뿜어져 나온 구멍으로 지체 없이 신형을 뻗었다.

푸다다다닥!

마치 마당에 앉아 있던 참새가 날아가듯 거침없이 구멍 안으로 날아든 강유는 엄청난 열기에 순간 놀랐다.

"후우! 꽤 뜨거운데?!"

만약 일반인이 이곳으로 들어왔다면 몸이 녹아 그 형체를 알아볼 수 없었을지도 모른다.

하지만 심후한 내력으로 만들어낸 호신강기가 버티고 있기 때문에 강유를 용암 안에 빠뜨린다고 해도 그는 충분히 살아남을 수 있을 것이다.

강유가 점점 더 아래로 내려가면서 그는 다시 한 번 놀랐다.

우웅우웅!

"발전기?"

놈의 심장에는 마나 코어로 이뤄진 거대한 발전기가 놓여 있었다.

강유는 이것만 파괴한다면 모든 것이 끝날 것이라고 생각했다.

"일격에 날려주마!"

하지만 장을 뻗기 전, 강유의 곁으로 엄청난 숫자의 발걸음 소리가 들려왔다.

사사사사사삭!

순간, 그는 자신의 눈을 의심하였다.

강유의 눈앞으로 지그스터로 보이는 개체들이 물밀듯이 밀려들고 있었기 때문이다.

"허, 허억! 이게 다 뭐야?!"

지금까지 아무도 모르고 있던 사실이지만 이곳은 지그스터의 움직이는 부화장이었다.

한마디로 이놈이 바닥에 내려앉는 순간, 지그스터 군단이

이 땅을 황폐화시킬 수도 있다는 뜻이다.

"···거대한 항공모함을 만들어놓은 셈이군."

강유는 이놈을 처치하지 않으면 나라 하나가 무너지는 것쯤은 별것 아니라는 것을 깨달았다.

"장난이 아닌데······."

그의 표정이 점점 굳어지기 시작했다.

제3장
침투

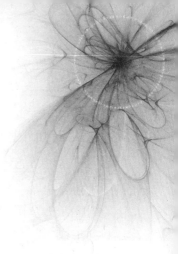

　발사가 이뤄지려는 지하 실험실 안, 도크에서 대기하고 있던 야차 중대원들이 화수의 신호를 기다리고 있다.

　화수는 도크에서부터 지하의 발사체까지 이르는 긴 동선을 홀로 커버하고 나머지 대원들에게 발사를 저지하고 중앙 제어실로 침투할 것을 지시하였다.

　그는 자신의 아공간에서 와일드코일과 식양으로 만들어진 검을 뽑았다.

　스릉!

　이 검은 자유자재로 형체를 바꿀 수 있기 때문에 원한다면 총이나 창으로도 변환시킬 수 있었다.

화수는 김태하 소령에게 기계 몬스터를 연결한 와이어를 타격하도록 지시하였다.

"알파, 타격할 수 있도록."

—입감.

김태하 소령의 대물 저격총은 몬스터 합금으로 인해 더욱 탄탄한 내구성을 갖추게 되었는데, 이제는 18㎜ 탄환을 사용하여 파괴력이 한층 더 격상되었다.

퍼엉!

거대한 총신이 뿜어낸 탄환이 빠르게 날아가 기계 몬스터의 어깨에 연결되어 있는 와이어를 타격하였다.

티잉!

그러자 와이어의 한쪽을 담당하고 있던 강선이 풀리면서 몬스터의 신형이 한쪽으로 쏠리게 되었다.

쿠우웅!

놈의 몸체가 기울어지자 사방에서 난리가 났다.

위이이이이잉!

—비상사태! 비상사태! 지금 당장 2호기를 회수합니다! 제1 수리 팀과 제2 수리 팀은 2호기의 어깨를 점검하십시오! 비상사태입니다!

화수는 이쯤 되면 작전이 성공적으로 진행될 것으로 예상하였다.

"좋아, 지금이다! 내가 내려가 놈의 어깨에서 대기할 테니 모두 중앙 제어실로 침투할 수 있도록!"

─입감!

도크에서 자유낙하를 시도한 화수는 식양을 이용하여 낙하산을 펼쳤다.

펄럭!

그러곤 2호기를 회수하기 위하여 날아오고 있는 수리 팀의 일선에 있는 사내를 발로 걷어차 버렸다.

퍼억!

"끄아아아아악!"

그 끝을 알 수 없는 곳을 향해 추락하는 그를 대신하여 대열의 앞에 선 화수가 양옆을 돌아보았다.

휘이이이잉!

차가운 바람이 불어오는 이곳은 사람 한 명이 간신히 들어갈 정도로 좁은 골목으로 되어 있었다.

아마도 화수가 이곳에서 방어를 펼친다면 지나갈 수 있는 사람은 없을 것이다.

그는 미소를 지었다.

"후후, 이제야 좀 싸울 맛이 나는군."

"뭐, 뭐야?! 경호 팀! 경호 팀! 저격수를 파견할 수 있도록!"

―입감!

화수는 경호 팀이 오기 전에 이놈들을 정리해야겠다고 생각했다.

"네놈들을 방패로 삼아서 스스로 정리되도록 해주겠다. 어때? 이 정도면 꽤 준수한 조건이지?"

"개소리를 하는군! 우리가 정비공이라고 해서 침입자 한 명못 잡을 줄 알고?!"

철컥!

그들은 주머니에서 경광봉과 스턴건 등을 꺼내어 화수를 압박하려 하였다.

그러나 그들은 압박해서 통할 사람 같았으면 이곳까지 대놓고 걸어왔을 리가 없다는 것을 간과했다.

화수는 마주 장을 쳤다.

"명사장!"

스륵, 퍼엉!

퍽!

"쿨럭!"

"죄다 약골들이군. 이런 말도 안 되는 한 방에 나가떨어지다니 말이야."

"…저런 개자식을 보았나?! 어서 스턴건을 쏴!"

기술 팀이 화수에게 전기 충격기를 쏘았으나 그것이 적중

할 리 없었다.

그는 오히려 반탄지공을 사용하여 전기 충격기의 충격부를 기술 팀에게 되돌려 주었다.

꿀렁!

콰지지지지지직!

"으, 으으으으으으!"

"그것 봐라. 아무에게나 막 덤비면 다친다고 하지 않았나?"

"괴물 같은 새끼! 경호 팀, 아직도 멀었나?!"

─지금 도착하였다. 목표물을 조준하였다. 저 새끼를 잡아 죽이면 되는 건가?

"그렇다!"

기술 팀은 스르르 미소를 띠었다.

"후후, 네놈은 이제 죽었다! 마침 잘되었군. 신선한 실험체를 찾아다니던 참인데 말이야!"

"실험체?"

"어차피 실험체가 될 것이니 알려주지. 네놈은 이제 몬스터 DNA 합성으로 만들어질 반인반수가 될 것이다. 조금은 고통스럽겠지만 그래도 영생을 얻는다는 기쁨을 만끽하게 될 테니 이 얼마나 영광스러운 일인가? 안 그래?"

화수는 이들이 어떤 방식으로 실험을 이어왔는지 알 것 같았다.

"네놈들의 직속 기관에는 인신매매 단체도 있겠군."

"후후, 그거야 네가 수술을 당하고 난 이후엔 저절로 알게 될 테니 묻지 마라."

그는 더 이상 이 조직을 가만히 내버려 두었다간 정말로 큰일이 날 것 같았다.

"좋아, 묻지 않겠다. 다만 네놈들은 오늘 아주 물고를 내줄 것이다."

"그런 개소리를 언제까지 가는지 한번 두고 보겠다!"

화수는 자신의 심장과 머리를 노리는 55개의 빨간 점을 바라보며 말했다.

"쏴라. 하지만 그 후의 결과는 네놈들이 책임져야 할 것이다."

"책임은 무슨! 죽여!"

핑핑핑핑!

55발의 저격 탄환이 화수를 향해 날아왔으나, 그는 그 자리에 가만히 서서 움직일 생각을 하지 않았다.

다만 그 저격 탄환이 몸이 닿자마자 내가진기를 출수하여 탄환이 온 방향 그대로 날아가도록 하였다.

"허업!"

콰아아아앙!

서걱!

크허어억!

—저격 팀! 저격 팀!

—제기랄! 저격 팀이 궤멸되었다! 제2 사격 팀을 꾸려서 다시 출격하라!

—입감!

기술 팀은 아무래도 사태가 잘못 흘러가고 있다는 것을 느꼈다.

"어, 어쩌지?"

"어쩌긴, 도망쳐야지!"

"어서 도망쳐!"

기술 팀이 혼비백산하였으나 이미 화수는 발동이 걸린 상태였다.

"네놈들을 이대로 내버려 둔다면 이 세계의 평화에 제동이 걸릴 것이다. 그건 내가 용납할 수가 없지."

화수는 식양으로 지금까지 자신이 흡수한 몬스터들을 마구 찍어내기 시작했다.

스스스스스스!

레서 드래곤부터 와이번, 심지어 레비아탄에 혼돈까지 그 모습을 드러냈다.

쿠오오오오오오!

"허, 허억! 저게 다 뭐야?!"

"레비아탄?! 레비아탄은 죽었다고 하지 않았나?!"

"게다가 혼돈은 이미 오래전에 공중분해가 되었어. 어떻게 저런 놈들이?"

비록 그 크기가 실제 몬스터만큼 거대하지는 않았지만 그 1/3에 달하는 덩치만으로도 충분히 인간들을 압도했다.

특히나 레비아탄은 새끼 중에서도 가장 큰 크기로 재현되었으며, 그 능력은 레비아탄의 새끼들이 가지고 있던 모든 능력을 갖추었다.

하늘을 가뿐히 날아오른 레비아탄이 단숨에 기술 팀을 먹어치워 버렸다.

크아아아악!

우드드드득!

"끄, 끄아아아악!"

"살려줘! 살려줘!"

지금까지 화수는 식양을 몬스터로 변환시키는 일에는 손을 대지 않았는데, 저것들이 과연 제대로 통제가 될지 알 수 없었기 때문이다.

하지만 그가 예상하지 못한 것이 있었으니, 그것은 바로 식양이나 와일드코일도 결국엔 화수 본인의 일부분이라는 것이다.

그는 혼돈 위에 올라탄 채 기울어진 기계 몬스터를 지켜보왔다.

크르르룽!

"덤벼라. 하지만 네놈들의 목숨은 장담할 수가 없다. 그러니 죽을 각오가 된 놈들만 덤비도록 해라."

이렇게 엄청난 몬스터를 부리는 화수이지만 연구실을 꾸린 놈들은 어떤 방식으로든 장비를 회수해야만 했다.

그렇기 때문에 사람이 떼로 죽어나간다고 해도 결코 멈추지 않고 처리반을 보내올 수밖에 없었다.

―전방에 적이다! 몬스터보다도 저 정신 나간 침입자를 먼저 격멸하도록!

―알겠다!

대략 300명의 중무장 세력이 화수를 향해 달려왔으나, 아마 저들은 이제 곧 화수의 내력으로 변해 버릴 것이다.

그가 소환한 몬스터들이 먹어치운 먹이는 곧바로 내단으로 흡수되어 화수의 내가진기를 증폭시키게 되기 때문이다.

"식사가 되어준다니 내 입장에서 본다면 이보다 더 고마운 일이 없지."

"개소리도 저 정도면 수준급이군. 타격하라!"

두두두두두!

총탄이 마구 튀어나올 때쯤, 블랙 레서 드래곤이 하늘 높이 날아올라 엑시드 브레스를 쏘아냈다.

크웨에에에에엑!

물체에 닿자마자 모든 것을 액화시켜 버리는 엑시드 브레스에 맞은 보안 요원들이 흐물흐물해져 도크를 수놓았다.

푸하아아아악!

─이, 이런 제기랄! 1제대, 전멸하였다!

─…말도 안 되는 소리! 어디서 저런 미친 자식이 튀어나온 거야?!

화수는 이제 저들에게 베풀 수 있는 자비는 다 베풀었다고 생각하였다.

"더 이상 살려두는 것은 사치이겠군. 다 죽어라."

그가 손을 뻗자 대략 15마리의 초대형 몬스터들이 자리에서 일어나 인간들을 무차별적으로 공격하기 시작하였다.

*   *   *

최지하와 수색 병력이 중앙 제어실을 점거하기 위해 침투를 시도하고 있다.

위잉, 위잉!

지금 중앙 제어실이 있는 연구동에는 난리가 난 상태이기 때문에 굳이 환풍구를 이용한다거나 창문을 뚫고 들어가는 등의 행동은 필요하지 않았다.

덕분에 최지하와 수색대는 아주 편하게 중앙 제어실에 당도할 수 있었다.

최지하는 스네이크 캠을 꺼내어 중앙 제어실 안으로 슬며시 밀어 넣었다.

위이이이잉!

그녀가 사용하는 스네이크 캠에는 그전에는 구현이 불가능한 3D 스캔 기능과 양 방향 경보 기능 등이 추가되어 있었다.

더군다나 이제는 스네이크 캠에 최루가스 살포 기능까지 내장되어 있기 때문에 굳이 문을 열고 탄을 집어 던질 필요가 없었다.

최지하는 최루탄을 살포할 수 있는 버튼을 눌러서 중앙 제어실 안을 한바탕 뒤집어놓기로 했다.

딸깍!

스스스스스!

그녀는 7명의 수색대에게 각자 맡을 방향에 대해서 설명하였다.

"잘 들어. 3D 스캔으로 알아낸 바에 의하면 거대한 와이드 스크린이 부착된 컴퓨터 제어장치와 그것을 지원하는 초대형 서버가 함께 설치되어 있다. 그렇기 때문에 양쪽으로 나누어 들어가게 되면 위쪽과 아래쪽을 또다시 분담해서 사격해야 할 거야. 무슨 말인지 알겠나?"

"예, 알겠습니다."

"지금 김예린 중령이 중앙 컴퓨터를 해킹하기 위해 제이나 대령과 함께 들어갔으니 컴퓨터 자체를 사격하는 일은 기피하도록 한다."

"입감."

언제나 그랬듯 김예린은 자신이 정면을 담당하기로 했다.

"정은우 소령, 같이 정면을 맡자."

"예, 알겠습니다."

"돌입!"

콰앙!

문을 열고 중앙 제어실 안으로 들어서자, 벌써부터 눈물과 콧물을 흘리는 사람들이 심심치 않게 보인다.

"콜록콜록!"

최지하는 그들을 보자마자 총구를 들었다.

철컥!

그러자 연구진과 기술진이 주머니에서 권총을 꺼내 들고 엉거주춤 조준하였다.

"…우웨에에엑! 치, 침입자다!"

"쯧, 그런 자세로 무슨 사격을 하겠다는 건지."

그녀는 연구진의 그런 행동을 보자마자 사격을 실시하였다.

타앙!

"크허어억!"

"공격하라!"

두두두두두!

사방에서 교전이 벌어졌으나 야차 중대가 총에 맞는 일은 일어나지 않았다.

이미 그들은 초박형 마스크식 방독면을 쓰고 있었기 때문에 최루탄에 노출되는 일이 없었기 때문이다.

덕분에 그들은 사격장에 서 있는 과녁을 맞추는 심정으로 연구진을 아주 여유롭게 제압해 나갔다.

그렇게 30초쯤 지나자 슬슬 항복하겠다며 총을 버리는 사람들이 생겨났다.

"하, 항복입니다!"

"목숨을 건지고 싶은 새끼들은 두 손을 머리 위로 올리고 뒤돌아서라! 그렇지 않으면 지금 당장 대가리에 바람구멍을 내버리겠다!"

최지하의 으름장에 살아남은 연구진이 두 손을 들었고, 야차 중대는 순차적으로 살아남은 30명의 연구진을 생포하여 중앙 제어실 가운데로 몰아넣었다.

그녀는 이제 해킹을 시도하고 있는 그녀들에게 연락을 취하였다.

"여기는 브라보, 델타 응답하라."

—여기는 델타.

"중앙 제어실을 점거하였다. 그쪽은 어떤가?"

—이미 하드디스크를 추출하고 자체 인트라넷에 접속하는 데 성공하였다. 아무래도 이놈들이 구축해 놓은 인터넷 서버가 곧 무너져 내릴 것 같다. 그러니 이곳에서 잠시 머물면서 자료를 얻어내는 것이 좋겠다.

"알았다."

이번에 그녀는 화수의 상황이 어떤지 감시 카메라의 화면으로 살펴보기로 했다.

파앗!

화면을 돌리자마자 그녀는 실소를 흘렸다.

"훗, 하여간 대장도 못 말릴 사람이라니까."

그녀는 몬스터들이 떼로 몰려다니면서 사람을 잡아먹는 광경을 바라보며 더 이상 걱정스러운 표정을 짓지 않았다.

화면을 그대로 놓아둔 최지하가 연구원들에게 물었다.

"잘 들어라. 두 번 묻지 않겠다. 지금부터 너희 중에서 한 명을 골라 대답할 기회를 주겠다. 그놈이 대답하는 것에 따라서 네놈들의 생사가 결정될 거야. 만약 수틀리게 굴면 저렇게 몬스터들의 밥이 되어 고통스럽게 죽을 것이다. 알겠나?"

"아, 알겠습니다."

그녀는 녹음기를 꺼내 들었다.

"너희들의 배후가 누구냐?"

"…제네시스 스쿼드입니다."

"그들의 수장은 누구지?"

"자세히는 모릅니다. 그냥 메시아라 불린다는 것뿐……."

"메시아?"

"썩어빠진 세상을 구한다는 뜻에서 붙여진 이름입니다. 그이상은 저희들도 모릅니다."

최지하는 제네시스 스쿼트가 한국에 이런 시설을 만들어두었다면 외국에도 이런 시설이 없으리란 보장이 없다고 생각했다.

"한국 말고 또 어떤 나라에 제네시스 스쿼드가 있지?"

"…전 세계에 다 놈들이 퍼져 있습니다."

"놈들? 그럼 너희들은 제네시스 스쿼드 소속이 아니란 뜻이냐?"

"우리는 원래 제레에 있던 사람들입니다. 제레가 처음 생긴 것도 모두 제네시스 스쿼드 때문입니다. 그들이 몬스터 연구학회에 돈을 보내는 것처럼 우리에게도 돈을 보내주었습니다."

순간, 그녀는 고개를 갸웃거렸다.

"몬스터학회? 스토니필드를 말하는 건가?"

"예, 그렇습니다. 스토니필드 회장이 제네시스 스쿼드의 중역이라고 들었습니다."

"그렇군."

최지하는 이 연구진을 모두 살려서 기지로 데려가야겠다고
생각했다.

"손발을 모두 묶어서 데리고 간다. 준비해."

"예, 알겠습니다."

연구진이 그녀의 결정에 화들짝 놀라며 소리쳤다.

"사, 살려주신다고 하지 않았습니까?!"

"물론 살려줄 것이다. 하지만 지금 당장 놓아줄 수는 없지.
나중에 기회를 봐서 죽이든 살리든 결정하게 될 것이다. 만약
지금 죽고 싶다면 말하고."

"…아닙니다."

그들은 순순히 손과 발이 묶인 채로 정렬하게 되었다.

*   *   *

같은 시각, 김예린과 강하나를 이끌고 슈퍼컴퓨터 내부로
들어온 제이나는 직경 15미터나 되는 엄청난 크기의 코어를
발견하였다.

아무래도 슈퍼컴퓨터의 동력이나 기억장치 등이 모두 코어
로 만들어졌고, 그것의 모든 것이 이 거대한 코어 안에 들어

있는 모양이다.

세 사람은 지금 슈퍼컴퓨터의 방화벽을 허물어뜨리고 이 엄청난 전산 속도를 이용하여 역으로 제네시스 스쿼드의 중앙 전산 시스템을 해킹하였다.

이로써 슈퍼컴퓨터의 하드디스크에 제네시스 스쿼드의 모든 것을 담아낼 수도 있을 것 같았다.

하지만 꼬리가 길면 밟히는 법, 해킹을 시도한 세 사람의 IP로 역추적이 들어오기 시작했다.

…트레킹이 시도되었습니다.

중앙 전산을 해킹하던 제이나가 두 사람에게 이제 곧 정리를 해야 할 것 같다는 의견을 피력하였다.

"이봐, 둘 다 마무리해야 할 것 같은데?"

—강하나 대위입니다. 아무래도 시간이 조금 더 걸릴 것 같은데요.

"얼마나 걸리겠어?"

—하드디스크에 다 담는 데 걸리는 시간이 총 15분, 이것을 다시 복사하자면 또 15분이 걸릴 것 같아요.

"흠……."

그녀는 방화벽을 맡은 김예린에게 남은 시간에 대해 물었다.

"총 30분이 필요해. 할 수 있겠어?"

—아무리 길어봐야 20분? 그 이상은 힘들어. 아무리 슈퍼

컴퓨터라고 해도 저들이 가진 좀비 PC가 상당히 많아서 트레

킹을 방어하는 데 한계가 있어.

"젠장, 쉽지 않은데?"

—어쩌지? 만약 이대로 공격을 받으면 자료가 모두 다 날아

가서 아무것도 알아낼 수 없을 거야.

—제이나 대령님, 어쩌면 좋아요?

그녀는 결단을 내릴 수밖에 없었다.

"강하나 대위, 정말 15분이면 끝낼 수 있겠어?"

—물론이죠.

"김예린 중령은 20분을 장담했고?"

—그렇지.

제이나는 황문식에게 연락을 취했다.

"황문식 중령, 차에 남는 자리가 있을까?"

—자리가 있느냐니?

"이곳에 있는 직경 15미터의 몬스터 코어 기반 슈퍼컴퓨터

를 통째로 들고 나갈 거야. 괜찮겠어?"

—토, 통째로 들고 간다고?

"불가능할까?"

—굳이 들고 가야 한다면 못 할 것은 없지. 이미 길은 다

닦여 있으니까. 하지만 그것을 통째로 가지고 가도 문제가 안

되겠어?

"문제될 것이 뭐 있나? 어차피 제네시스 스쿼드의 물품은 빼앗아도 괜찮아. 저놈들의 물건은 사유재산이라고 할 것도 없으니까."

—뭐, 그렇다면 방법은 충분히 있지.

"20분 안에 끝내야 해. 할 수 있겠어?"

—지금 대장이 작살내고 있는 저 기계 몬스터의 중갑을 떼어내서 대충 재련한 후에 그것을 통으로 삼아 가지고 나가면 될 거야.

"그게 20분 만에 가능하겠어?"

—용접만 잘한다면 가능할 것 같아.

"좋아, 그럼 우리는 황 중령만 믿고 계속 작업할게."

—걱정하지 마. 나만 믿으라고.

세 사람은 더 이상 앞일을 걱정하지 않고 중앙 시스템을 해킹하는 데 주력하였다.

*   *   *

황문식 중령은 김재성 소령에게 멀티플 런쳐를 가지고 기계 몬스터의 중갑을 잘라낼 것을 부탁하였다.

"직경 15미터래. 할 수 있겠어?"

―어깨 앞에 붙은 저것만 떼어내고 15미터입니다. 거기에 뚜껑을 붙이면 끝 아닙니까?

"역시 눈썰미가 좋단 말이지."

그는 화수에게 연락을 취했다.

"대장님, 해킹 팀에서 연락이 왔습니다. 슈퍼컴퓨터를 통째로 들고 간답니다."

―그게 가능하다고 하던가?

"기계 몬스터의 중갑만 있으면 충분합니다."

―좋아, 이제 사람은 얼추 정리되었어. 연결된 컴퓨터가 먹통이 되어버렸으니 이놈도 더 이상 움직일 수가 없겠지. 그동안 충분히 작업할 수 있을 거야.

"예, 알겠습니다."

황문식은 김재성 소령에게 작업 시작을 부탁하였다.

"김 소령, 시작하지."

―예, 알겠습니다.

김재성은 이제 막 전투가 종료된 기계 몬스터 위로 올라가 멀티플 런처의 레이저 라이플 기능을 활성화시켰다.

우우우우웅!

이제 이것을 발사시켜서 중갑을 얇게 벗기듯 적중시키기만 하면 갑옷을 통으로 쓸 수 있을 것이다.

―제1탄 발사!

지이이이이이잉!

레이저 라이플이 판금을 건드리자, 몬스터의 중갑 안에 숨겨져 있던 살덩이가 조금씩 움찔거리기 시작하였다.

끄어어어엉!

마치 젤리처럼 흔들거리는 몬스터의 살점은 보는 사람으로 하여금 거부감을 일으키도록 만들었으나, 야차 중대에겐 그리 큰 문제가 아니었다.

대략 5분 후, 어깨에 달려 있던 중갑이 떨어져 내리기 시작했다.

까앙!

—떨어져 내립니다.

"오케이!"

황문식 중령은 굴삭 드릴의 고정 와이어를 발사하여 중갑을 낚아챘다.

턱!

굴삭 드릴의 무게가 중갑을 잡아내기에 약간 문제가 있었으나, 황문식 특유의 테크닉으로 그것을 극복하였다.

그는 안정적으로 중갑을 낚아챈 후 그것을 가지고 중앙 컴퓨터가 있는 곳으로 향했다.

끼릭, 끼릭.

황문식이 중앙 컴퓨터로 향하는 사이, 저 멀리서 뼈 부러지는 소리가 들려왔다.

우드드득!

크아아아아앙!

―허, 허억! 저놈이 움직이기 시작합니다!

무심결에 뒤를 돌아본 황문식은 기계 몬스터의 거대한 팔이 자신을 향하고 있다는 것을 깨달았다.

순간, 황문식은 또 다른 와이어를 발사하여 도크 아래의 작은 동굴과 연결하였다.

까앙!

"흥, 네놈에게 순순히 당할 것 같으냐?!"

황문식은 재빨리 동굴 안으로 쏙 들어가 버렸고, 몬스터의 팔은 허무하게 공중을 지나쳐 갔다.

비록 목숨은 건졌으나 동력의 전달이 없이도 저놈이 움직인다는 것을 알았으니 저 안에 들어 있는 인간을 꺼내는 것이 급선무가 되었다.

―황문식 중령은 어서 컴퓨터를 회수하고 우리는 이 안에 들어가 있는 인간을 꺼내겠다.

"입감."

분업이 이뤄지지 않으면 시간이 모자랄 뿐만 아니라 목숨을 건지기도 힘들 것으로 보였다.

이들은 일사불란하게 움직여 각자의 위치로 이동하였다.

　　　　*　　　　*　　　　*

　화수는 몬스터의 목덜미에 달려 있는 조종석을 떼어내기 위하여 붙잡힌 박사들에게 조언을 구하였다.

　—이미 동력이 나가서 수동으로 꺼내야 하는데, 1급 비상사태가 걸리는 바람에 그럴 수가 없습니다.

　"그럼 어떻게 해야 하지?"

　—완력으로 여는 수밖에 없습니다. 그것도 안 된다면 레이저로 절단하는 수밖에요.

　"그렇게 해도 안에 있는 사람은 죽지 않나?"

　—파일럿과 2호기는 신경이 연결되어 있기는 합니다만, 뚜껑을 여는 것은 큰 문제가 아닙니다. 진짜 문제는 그 안에 있는 파일럿을 데리고 나오는 것이지요.

　"그게 무슨 뜻인가?"

　—파일럿이 기계 몬스터의 내부로 들어가 신경을 연결하자면 아주 특수한 능력이 필요합니다. 모든 몬스터의 DNA를 내포하고 있으며 그 어떤 몬스터와도 신경 연결이 가능해야 하지요.

　"그럼 지금 신경 연결이 되어 있어서 거의 한 몸이나 마찬가지라는 소리군."

─간단히 말하자면 그렇습니다. 만약 자의에 의해서 나올 것이 아니라면 결코 꺼낼 수 없을 겁니다. 기계 몬스터의 중갑을 다룰 수 있는 것은 우리의 소관입니다만, 그 안에 들어 있는 파일럿은 어찌할 도리가 없어요.

화수는 더 이상 시간을 지체할 수 없다고 판단하였다.

"모든 것은 신에게 맡긴다. 만약 나오기 싫다면 기계 몬스터와 함께 묻어버리는 수밖에."

─아아!

그는 안타까운 탄식이 쏟아지는 무전을 끊어버렸다.

이윽고 그는 레이저 라이플을 가진 김재성 소령에게 아주 정밀한 용접을 부탁하였다.

"이것을 도려낼 수 있겠나?"

"물론입니다. 어차피 사람만 안 다치면 되는 것 아닙니까?"

"그래, 맞아."

"걱정하지 마십시오. 저 괴물의 척추는 손상되어도 사람은 안 다칩니다."

김재성 소령은 레이저 라이플을 연속 사격 모드로 바꾼 후 조준경을 몬스터의 경추에 가져다 놓았다.

삐비비비빅!

"발사합니다!"

그는 망설임 없이 레이저 라이플을 발사시켰다.

피융!

끼이이이이이잉!

그러자 몬스터가 미친 듯이 몸부림치며 도크를 흔들어대기 시작하였다.

크아아아아앙!

"이 새끼, 반항이 심하군. 하지만 어쩔 수 없다. 네가 그렇게 만들어진 것을 탓해라."

잠시 후, 몬스터의 경추 부근에서 새빨간 선혈이 분수처럼 쏟아져 나오기 시작했다.

푸하아아아아아악!

그 이후엔 경추에 들어 있던 척수 액이 추출되어 흐물흐물한 계곡을 만들어냈다.

화수는 손수 척수 액의 계곡을 지나 판금 사이에 끼어 있는 연결관을 찾았다.

끼익, 쿠웅!

연결관 속에는 거대한 알처럼 생긴 캡슐이 들어 있었다.

그는 맨손으로 캡슐을 찢어버렸다.

부우우우욱!

그러자 잔뜩 웅크린 채 몬스터의 신경 다발과 자신의 척추를 연결하고 있는 여인이 모습을 드러냈다.

두근두근!.

그녀의 심장 고동이 몬스터와 공명하며 화수의 귓전을 때려댔다.

화수는 잠에 빠져 있는 그녀의 뺨을 몇 대 가볍게 쳤다.

착착!

그러자 그녀가 살며시 눈을 떴다.

"우리는 대한민국 육군입니다. 같이 가시지요."

"……?"

그녀는 아직까지 상황을 파악하지 못하고 있는 듯 연신 고개를 갸웃거렸다.

화수는 그녀에게 마지막 기회를 주었다.

"육군 몰라요? 대한민국 국군 말입니다. 우리는 대한민국 국군 소속 수렵 부대인 야차 여단입니다. 예전에는 야차 중대라고 불렸지요."

"……!"

순간, 그녀가 자신의 등에 꽂혀 있는 신경 다발을 끊고 화수에게 두 손을 뻗었다.

"흐, 흐흐흑!"

눈물을 흘리는 그녀의 손을 잡은 화수는 여인의 표정에서 깊은 회한과 슬픔을 느꼈다.

대략 20대 후반으로 보이는 그녀의 미모는 상당히 빼어났으나, 이미 피부의 색과 눈동자 색이 인간의 것이 아닌 것으로 보였다.

"괜찮습니까?"

"…제발 부탁입니다. 집으로 데려다 주세요. 아이들이 기다려요."

"아이들?"

"흑흑, 제발요!"

화수는 자신의 전투복 상의를 벗어 그녀에게 건네며 말했다.

"입어요. 우리가 당신을 집으로 데려다 드리겠습니다."

"고맙습니다."

화수는 이제 슬슬 작전을 마무리하기로 했다.

*   *   *

경기도 북부의 기계 몬스터 제1호기와의 싸움이 한창인 가운데 강유가 놈의 중심부로 이동하였다.

─…치이이익! 여기는 본부! 개방 거지, 그곳에 있나?!

강유는 몬스터들을 피해서 잠시 몸을 숨겼다가 화수의 무전을 들었다.

"불한당? 작전에 성공한 것인가?"

─그렇다. 이제 곧 기계 몬스터 제1호의 가동이 멈추게 될

것이다. 우리가 중앙 통제장치를 획득했으니 그곳에서 신속하게 나올 수 있도록.

"하지만 이곳에는 자잘한 몬스터들이 너무 많다. 이대로 내버려 두면 문제가 될 것이다."

—문제없다. 중앙 통제장치를 통하여 그놈들을 폐기시킬 수 있으니 걱정할 것 없다.

"잘되었군."

—현재 위치에 대해서 알고 있나?

"어디인지는 잘 모르겠으나 한국에서 꽤 멀리 왔다는 것만큼은 확실하다."

—후후, 불쌍한 운명이군. 지금 네놈은 아프리카 한복판에 있다. 아마 돌아오는 길이 그리 쉽지는 않을 거야.

"…뭐라?"

—그러나 걱정하지 마라. 이제 곧 우리가 전술 비행기를 보내줄 테니 그곳에서 하루만 더 버틸 수 있도록.

"장난하나?! 사람이 어떻게 혼자 사막에서 하루를 버티나?!"

—무림 고수가 그것도 못 할까?

"…일부러 사람을 놀리는 건가?"

—후후, 그럴 수도 있고.

"죽인다, 불한당!"

화수는 이제 그를 그만 놀리고 본론으로 들어가기로 했다.

─농담이다. 지금 레이시스가 10분 거리에서 너를 쫓고 있다. 그곳에서 가만히 대기하고 있으면 일이 금방 해결될 것이다.

"…죽고 싶나? 어디서 감히 장난질을!"

─큭큭, 네가 멍청해서 그런 것을 왜 내 탓을 하는가?

강유는 화수를 처죽이고 말겠노라 다짐했다.

"조만간 네놈을 회 쳐서 안주로 삼겠다."

─여전히 더러운 놈이군. 사람을 잡아먹다니, 취향도 참 독특해.

"시끄럽다."

강유는 이제 이곳에서 뛰어내려 레이시스의 구조를 기다리기로 했다.

제4장
잔인한 실험

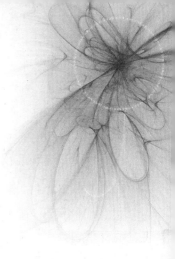

　화수의 요청으로 인하여 수도 방위 사령부 방공 여단의 지하 실험실로 육군 공병단 전 병력이 투입되어 초대형 기계 몬스터를 육군본부로 옮기는 작업이 진행되었다.

　각종 해킹과 좀비 PC의 공격 등에서 보호하기 위하여 떼어낸 슈퍼컴퓨터를 획득한 야차 중대가 철수하자마자 수도 방위 사령부가 이곳으로 병력을 모두 집중하여 혹시나 모를 제네시스 스쿼드의 공격을 막아내는 동시에 작업이 이뤄졌다.

　이로써 초대형 기계 몬스터에 대한 본격적인 조사가 벌어질 예정이며, 포로로 잡힌 박사들 역시 참고인 조사 이후에 처벌

수위를 결정할 예정이다.

화수는 실험 시설에서 데리고 온 여자를 야차 중대의 중대 본부로 데리고 왔다.

경상북도 구미에서 태어나 27년 동안 대구에서 살았다는 남청하는 상당히 불안정한 정서를 가지고 있었다.

제네시스 스쿼드의 중앙 컴퓨터에서 입수한 자료가 아직 다 정리되지 않아서 아주 자세한 것은 알 수가 없으나, 그녀의 실험 기록은 가히 충격적인 것이었다.

놈들은 일반인은 단 1분도 버티지 못하는 가혹한 실험을 남청하에게 무려 2년 넘게 시행하였다.

몬스터의 DNA를 수용할 수 있는 신체로 만들기 위하여 100회가 넘는 수술이 이어졌으며, 그에 대한 부작용으로 죽을 고비를 수도 없이 넘겼다.

또한 DNA가 흡수되는 과정에서 몸이 허물어졌다가 다시 회복되는 과정을 거치면서 매일 고통 속에 살아야 했다.

비록 그녀가 몬스터의 DNA 수용체가 되는 후보 중 가장 자질이 뛰어났다곤 하지만 그럴수록 고통은 더욱 가중되어만 갔다.

한마디로 그녀는 실험체로서 2년 동안 지옥을 경험한 것이다.

남청하는 야차 여단의 정보 중대 본부에서 휴식을 취하며 화수와 면담을 갖게 되었다.

그녀는 깔끔하게 씻은 후 새 옷을 지급 받아 입었는데, 그 외모가 가히 연예인을 방불케 하였다.

남청하는 먼저 자신의 과거에 대한 얘기를 꺼내었다.

"저는 어려서부터 대구에서 살아온 경북 토박이입니다. 20대 초반엔 동네에서 인기가 좀 있어서 미스코리아 선발대회에도 나갔죠. 그곳에서 경북 진으로 뽑혔어요."

"그렇다면 지역 대표가 될 정도로 빼어난 미모를 가졌다는 소리군요?"

"네, 그래요. 하지만 그날 이후로 모든 것이 바뀌었죠."

그녀는 화수의 뒤에 있는 작전지도에서 대한민국 경북 지역을 가리켰다.

"제 고향 경북에서 한창 야유회를 즐기고 있었어요. 제 남편은 평범하지만 아주 성실하고 자상한 사람이었지요. 그 친구들과 야유회를 갔는데 제 아이와 남편이 보는 앞에서 제가 납치를 당했어요."

"백주에 납치를 당했다고요?"

"그나마 제 남편과 딸은 살아 있는 것을 어렴풋이 확인했지만, 그 친구들은 모두 다 죽었어요. 제네시스 스쿼드에서 나온 용병들이 사람들을 모두 총으로 쏴 죽이고 저를 기절시켜서 데리고 갔거든요. 아마 그 과정에서 제 남편과 딸에겐 총알이 제대로 박힌 것 같지 않았어요."

"세상에……."

그녀는 뜨거운 눈물을 쏟아냈다.

"흑흑, 제발 제 남편과 딸을 볼 수 있게 해주세요! 부탁입니다!"

"당연히 부군과 따님을 만날 수 있게 해드릴 겁니다. 하나 지금은 부녀의 소재를 파악하는 데 시간이 좀 걸립니다."

"호, 호적은 아직까지 남아 있나요?"

"다행히도 호적은 남아 있어요. 지금 우리 정보 중대가 수소문하는 중이니 너무 걱정하지 마세요."

"감사합니다! 정말 감사합니다!"

비록 아버지와 어머니는 세상을 떠났지만 형제들이 살아 있는 화수로선 그녀의 심경을 이해할 것 같았다.

화수는 그녀를 이렇게 만든 제네시스 스쿼드가 진정으로 없어져야 한다고 생각했다.

"앞으로는 이런 일이 없도록 놈들을 우리가 꺾어버리겠습니다."

"…제발 그렇게 해주세요."

오늘 따라 술이 당기는 화수다.

*　　　　*　　　　*

국군 기무 사령부를 통하여 전달된 남청하의 사연은 대구 광역시 지자체로 전달되었다.

대구광역시는 남청하의 남편과 딸의 소재를 파악하기 위하여 전국 8도의 지자체에 모두 공문을 보냈다.

사람이 직접 다니는 것보다는 그것이 훨씬 빠를 것이라고 판단했기 때문이다.

그들의 예상은 적중하였다.

공문 전달 하루 만에 제주도 서귀포시에서 그녀의 남편과 딸이 기거하고 있다는 소식이 들려온 것이다.

화수는 남청하와 함께 즉시 제주도로 날아갔다.

야차 중대의 전술 비행기 안, 남청하는 긴장된 표정으로 두 사람의 안위에 대해 물었다.

"남편과 딸은 무사한가요? 어디 다친 곳이라도……."

"정확한 것은 우리도 잘 모릅니다. 다만 부녀가 아직까지 살아 있다는 것만큼은 확실합니다."

"…그렇군요."

남청하의 남편 김기태는 총격 사건 이후 추격자들의 총부리를 피하여 서귀포시에 자리를 잡았다.

그는 15년째 다니던 직장을 그만두고 거기서 지급된 퇴직금을 가지고 작은 찻집과 목공소를 운영하면서 살고 있었다.

찻집은 소소하게 차를 마실 여행객을 상대로 장사를 하고 목공소는 인터넷을 통하여 맞춤 가구를 주문 제작하는 시스템이었다.

워낙 손재주가 좋던 김기태이기 때문에 목수로 일한 지 1년 만에 인터넷 공방을 차릴 정도로 실력이 일취월장하였다.

여기에 원래 주력 분야이던 IT산업의 전공을 살려서 외주 인터넷 설치기사와 웹 디자인, 사진 보정 등 동종 업계의 수많은 아르바이트를 병행하고 있었다.

물론 목공만으로도 생활이 충분히 가능했지만 아내에 대한 생각을 지우기 위해서 일부러 몸을 혹사하고 있는 것이었다.

아직 유치원에 들어가지 않은 그의 딸은 매일 아버지를 따라다니면서 떠돌이 생활이나 마찬가지인 삶을 살고 있었다.

화수는 이와 같은 사실에 대해 전해 들었지만 그녀 스스로가 남편과 딸에 대한 소식을 접하길 바랐다.

어찌 되었든 간에 남의 입을 한 번 거친 이야기는 와전되게 마련이기 때문이다.

잠시 후, 전술 비행기가 서귀포시 외곽의 한 2층 건물에 멈추어 섰다.

휘이이잉!

바람이 부는 전술 비행기 아래에는 이미 그녀를 마중 나온 두 부녀가 서 있었다.

김기태는 떨리는 눈으로 그녀가 타고 있는 비행기를 바라보았다.

미리 김기태를 찾아와 있던 강유가 그의 어깨를 툭툭 두드려 주었다.

"긴장되십니까?"

"…아무래도요."

"걱정하지 마십시오. 사모님께선 이제 괜찮아지셨습니다."

김기태의 딸 은하는 연신 고개를 갸웃거린다.

"사모님?"

"…엄마를 말하는 거야."

"엄마?"

은하는 아직도 엄마에 대한 기억을 또렷하게 가지고 있었다.

그녀가 납치당할 때 은하는 네 살이었기 때문에 어머니의 얼굴을 충분히 기억할 수 있었다.

더군다나 딸과의 유대가 상당히 좋던 그녀이기에 그 애틋함은 이루 말로 표현할 수 없을 정도였다.

잠시 후, 전술 비행기의 문이 열렸다.

지이이잉.

서로 손을 꼭 잡고 있던 기태와 은하의 앞에 서서히 청하의 실루엣이 보이기 시작했다.

김기태는 자신이 첫눈에 반하여 사랑에 빠진 아내의 실루엣만 보고도 그녀임을 알아보았다.

　"…청하야!"

　"……."

　하지만 어쩐지 그녀는 쉽사리 비행기에서 내릴 생각을 하지 못했다.

　김기태는 비행기에서 내려오지 않는 그녀가 몹시도 걱정되었다.

　"처, 청하야! 얼굴 좀 보여줘! 못 보고 산 지 너무 오래되었잖아!"

　목청을 높여 그녀를 부르자, 갑자기 남청하가 비행기 구석으로 달려가기 시작했다.

　파다다다닥!

　순간, 김기태는 더 이상 참지 못하고 그녀를 붙잡기 위해 비행기 안으로 달려갔다.

　"청하야!"

　"…여보, 그만 돌아가요!"

　"뭐, 뭐?"

　"변해 버린 내 모습을 본다면 아마 정나미가 뚝 떨어져서 더 이상 같이 살고 싶은 마음이 없어질 거야."

　그는 고개를 내저었다.

"그런 말도 안 되는 소리가 어디 있어? 이 세상의 그 어떤 남편이 아내의 겉모습이 변했다고 가까이하지 않을 수 있겠어?"

"그래도……."

잠시 후, 비행기 바깥에 있던 은하가 종종걸음으로 달려왔다.

"엄마!"

하지만 은하는 아직까지도 달리는 폼이 어설퍼서 비행기에 오르자마자 그 자리에 엎어지고 말았다.

쿵!

"아야!"

순간, 청하는 딸이 걱정되어서 재빨리 그녀의 곁으로 달려갔다.

파밧!

신형을 인간의 눈으로 확인하기 힘들 정도로 빠른 그녀의 몸놀림은 기태의 눈을 동그랗게 만들기에 충분했다.

"저, 저건……."

"실험으로 인해 신체가 변했습니다. 지금 사모님의 상태는 반인반수, 그러니까 인간과 몬스터의 중간쯤 되는 겁니다."

기태는 그제야 아내가 왜 자신을 기피했는지 알 것 같았다.

"…그럼 지금은 괜찮은 겁니까?"

"다행히도 사모님께서 의지가 강력하셨기 때문에 지금은 살아가는 데 문제가 없습니다. 다만……."

여자의 외모는 자존심, 혹은 영혼과도 같은 것이기 때문에 그것이 훼손되는 순간 어마어마한 타격을 받게 된다.

그녀는 딸을 향해 달려 나갔음에도 불구하고 눈앞에 엎어져 있는 은하를 일으켜 주지 못했다.

오히려 자신의 얼굴과 눈을 가리느라 바빴다.

"으으……."

"엄마?"

"…은하야, 엄마의 얼굴이 너무 흉해졌어. 그러니 가능하면 보지 않았으면 좋겠어."

은하는 고개를 가로저었다.

"싫어. 그래도 이 세상에서 엄마가 제일 예뻐."

"……."

그녀는 어둠 속에서도 빛나는 노란색 눈동자와 잿빛 피부를 감추느라 정신이 없었지만, 딸은 그런 엄마를 오히려 보듬어주었다.

은하는 보랏빛으로 질려 버린 엄마의 머리카락을 손으로 만지작거렸다.

"난 이 세상에서 엄마가 제일 예뻐."

"은하야!"

그제야 남청하는 딸을 와락 끌어안았다.

드디어 이뤄지는 모녀 상봉의 시간을 가만히 바라보던 김기태가 그녀들에게 살며시 다가갔다.

"여보, 밥이나 먹으러 가자."

"…정말 이런 나라도 괜찮아?"

"그런 소리 하지 마. 이렇게 우리 세 가족이 만난 것만 해도 하늘에 감사해야지."

그는 두 모녀를 자신의 품에 안았다.

"겉모습이 변한 것은 어쩔 수 없어. 하지만 당신이 내 아내이고 은하의 엄마라는 것은 변하지 않아. 그것만 변치 않으면 됐어."

"고마워, 여보."

아내의 모습이 괴상하게 변해 버린 것은 사실이지만 그렇다고 해서 사랑이 넘치던 가정이 깨지진 않는다.

지금 중요한 것은 겉으로 드러난 사람이 아니라 속에 감춰져 있는 사랑이기 때문이다.

세 사람은 자리에서 일어나 화수와 강유에게 꾸벅 고개를 숙였다.

"감사합니다. 정말 감사합니다. 저희들이 도대체 어떻게 감사의 인사를 드려야 할지 모르겠네요."

"감사의 인사는 됐습니다. 앞으로 세 분이 행복하게 사는 것만으로도 충분합니다."

"…정말 감사합니다."

남청하는 화수와 강유에게 식사를 함께할 것을 권유했다.

"비록 보잘것없는 사람들입니다만, 저희들이 마련한 식사에 초대하고 싶습니다. 응해주시겠습니까?"

"물론입니다."

김기태는 이젠 한결 밝아진 얼굴로 두 사람을 안내하였다.

"아내가 돌아온다는 소식을 듣고 음식을 좀 준비했습니다. 비루하긴 합니다만 먹는 덴 지장이 없을 것입니다."

"그런 말씀 마십시오. 초대해 주셔서 너무나도 감사합니다."

화수와 강유는 세 사람을 따라서 2층짜리 건물 안으로 들어갔다.

*　　　　*　　　　*

김기태의 집은 1층에 공방과 카페를 두고 2층에서 생활과 컴퓨터 작업을 할 수 있도록 꾸며져 있었다.

그는 안방 안에 아내의 물건들을 그대로 옮겨두고 그녀가 돌아올 날을 손꼽아 기다리고 있었다.

아직까지 버리지 않고 화장품이나 옷가지가 고스란히 남아 있어서 집으로 들어온 순간 자신의 공간임을 자각하게 된 청하이다.

"여보, 이 물건들을 다 버리지 않고 가지고 있었네?"

"물론이지. 당신이 언제 돌아올지 모르는데 버리면 다시 다 사야 하잖아?"

"맞아. 잘했어."

서로를 바라보는 눈빛에서 사랑이 느껴지는 가운데 화수와 강유가 거실에 위치한 교자상 앞에 앉았다.

교자상에는 갈비와 잡채, 해파리냉채, 불고기, 소고기뭇국, 김치찌개 등, 가정식으로 만들어진 정찬이 차려져 있었다.

김기태는 혼자 살면서 겪은 시행착오 중에서 가장 힘든 요리에 대해 오로지 노력만으로 돌파하였다.

지금은 한식 조리사 자격증까지 갖춘 대단한 아저씨가 되었으나 그 과정은 결코 쉽지가 않았다.

"제가 지금까지 시행착오를 거치면서 만들어낸 요리 중에서도 가장 심혈을 기울였습니다. 입에 맞으시면 좋겠군요."

"아닙니다. 이야, 이 정도면 거의 궁중 밥상 수준인데요?"

"하하, 과찬이십니다."

김기태는 특히나 그녀가 좋아하는 해파리냉채를 완벽하게 해내기 위해 제주도 최고의 해파리냉채 명인을 찾아가 직접 사사하기도 했다.

그것은 김기태가 아내 남청하를 그리워하는 깊이가 도저히 상상할 수 없을 정도로 깊다는 소리였다.

남청하는 은하를 데리고 자리에 앉아 밥을 퍼 담고 수저를 놓는 등 원래 자신이 해오던 일들을 묵묵히 해냈다.

그녀는 이 간단한 것들에서도 행복을 느끼는 모양인지 연신 미소를 지었다.

"…좋네."

"엄마, 난 흑미가 싫어."

"그래도 먹어야 해. 영양소를 골고루 먹어야 키가 크지."

"으으, 알겠어."

이제 남청하는 자신이 있어야 할 자리를 찾았다는 기쁨에 눈물을 글썽였다.

"행복하구나."

"엄마, 울어?"

"아니… 그냥 좋아서 그러는 거야."

"좋은데 울다니, 그러면 못써."

"그래, 알겠어. 이제 다시는 울지 않을게."

화수와 강유는 이렇게까지 기뻐하는 그녀를 바라보고 있자니 제1호기에 타고 있던 조종사의 생각이 나지 않을 수 없었다.

두 사람은 이곳에서 식사를 대접받은 이후 그녀를 만나기 위해 서울로 올라갈 생각이다.

그날 밤, 화수와 강유가 전술 비행기를 타고 돌아간다는 소리를 들은 김기태 부부가 아쉬운 표정을 지었다.

"그러지 말고 조금만 더 머물다가 가시지요."

"하하, 저희들도 그러고 싶지만 시간이 여의치 않아서 말입니다."

"이것 참, 제대로 대접도 못 해드렸는데 이렇게 가신다니 서운하군요."

"어차피 기회는 또 있을 겁니다. 그때 다시 만나서 못다 한 얘기를 나누시지요."

"그래요, 그럼."

비행기를 타고 날아가려는 두 사람에게 그녀가 말했다.

"1호기에 탑승했던 그 아이, 잘 대해주세요."

"물론입니다. 그 소녀도 우리의 국민인데 잘 대해주지 못할 이유가 없습니다."

그녀는 끔찍한 기억을 가진 그녀가 자신처럼 가족의 품으로 되돌아갈 수 있기를 기도했다.

남청하는 자신이 어젯밤부터 만든 매듭 팔찌를 건넸다.

"소원을 이뤄주는 팔찌래요. 가져다 주시면 고맙겠네요."

"아아, 이 물건……."

자신의 팔에도 매달려 있는 이 팔찌는 화수에게도 상당히 의미가 있었다.

그는 흔쾌히 고개를 끄덕였다.

"알겠습니다. 확실히 전달해 드리겠습니다."

"부탁드릴게요."

"아닙니다. 당연히 전달해 드려야지요."

이윽고 화수와 강유는 전술 비행기를 타고 서울로 향했다.

＊　　　＊　　　＊

수도 방위 사령부에서 응급수술을 받고 이제 막 잠에서 깨어난 기계 몬스터 제1호의 조종사인 허예나가 눈을 떴다.

"끄응⋯⋯."

회색 피부에 푸른색 눈동자를 가진 그녀는 조화가 잘된 외모라서 아름답긴 했지만 결코 인간이라고 보기는 힘들었다.

하지만 놀랍게도 그녀는 불과 1년 전만 해도 고등학교를 다니던 착실한 소녀였다.

아침이면 등교하여 열심히 공부하고 저녁에는 야간 자율 학습에 학원 수업까지 병행하면서 천천히 미래를 설계해 왔다.

예비 고3으로서 하루가 멀다 하고 공부만 하던 그녀이지만, 외모가 워낙 수려해서 주변 학교에서 남학생들이 꽃을 들고 찾아오기 일쑤였다.

그녀는 대학에 들어가면 남자친구도 사귀고 원하는 데이트도 즐길 수 있다는 일념으로 고된 수험 생활을 버텨내고 있었다.

그런데 그녀가 평소와 같이 학원에서 나오던 길, 한차례 총격전이 벌어지면서 납치를 당하고 말았다.

과연 어디로 납치당해 끌려가는지 알 수 없던 그녀는 미처 정신을 차리기도 전에 서서히 괴물로 변해가고 있었다.

그렇게 1년 동안 죽음보다 더 고통스러운 실험으로 인해 신체가 절반쯤 무너져 내렸다.

그런 와중에도 밖으로 나갈 수 있다는 희망을 품고 있던 그녀는 과감하게 탈출을 감행했다.

그녀는 제1호기의 조종을 위해 생체 실험을 거듭하면서 기계 몬스터의 조종술을 완벽하게 익혀두었다.

그 덕분에 1호기 가동 실험을 하던 도중에 탈출을 감행할 수 있었던 것이다.

제2호기는 이미 탈출한 제1호기를 파괴시키기 위해 출동하는 도중이었고, 화수가 그것을 저지하는 바람에 두 사람이 싸우는 일은 벌어지지 않았다.

다행히도 지금은 안정을 되찾고 무너져 내린 몸이 복구되면서 일상생활로의 복귀가 가능해졌다.

그러나 이미 한번 무너져 내린 몸이 완벽하게 회복될 수는 없었기에 겉모습은 인간이 아닌 반인반수의 모습이었다.

아마 사회로 나아갔을 때 그녀가 얼마나 빨리 적응할 수 있는지는 본인 스스로에게 달렸다고 볼 수 있었다.

조용히 눈을 뜬 그녀에게 김예린 중령이 다가왔다.

"정신이 좀 들어요?"

"여긴……."

"대한민국 국군수도통합병원입니다. 제1호기에서 꺼내어 이곳으로 호송했지요."

그녀는 김예린을 바라보며 자신의 앞날에 대해 물었다.

"이제 저는 어떻게 되는 건가요?"

"우선 헌병대에게 조사를 받은 후 사건 경위에 따라서 경찰로 넘어갈지 말지가 결정되겠지요."

"그렇군요."

김예린 대위는 아직 어린 그녀에게 희망에 찬 메시지를 전하였다.

"너무 걱정하지 말아요. 사태가 이렇게 된 것은 당신의 잘못이 아니라 제네시스 스쿼드의 탓이니까. 더군다나 당신은 생존을 위해 뛰쳐나왔고, 결국 사람을 해치는 일은 벌어지지 않았잖아요?"

"그렇긴 하지만 몇 차례 교전이 있었어요."

"압니다. 하지만 그로 인해 죽은 사람은 한 명도 없어요."

"…다행이군요."

잠시 후, 김예린 중령은 인기척을 느꼈다.

똑똑.

인기척을 울린 사람은 다름 아닌 육군 첩보단과 헌병대의 장교들이었다.

두 남자가 그녀에게 경례를 붙였다.

척!

"충성!"

"그래, 수고가 많군."

"계룡대에서 명령이 내려왔습니다. 이곳에서 진술을 받고 헌병대와 첩보단이 처리할 수 있는 선에서 일을 마무리하라고 말입니다."

"잘되었군."

사실 이번 일은 화수와 강유의 압력을 받은 청와대가 특별히 신경 써서 딱히 조사를 받을 만한 일이 별로 없었다.

다만 그녀가 지금까지 어떻게 생활했는지를 알아야 제네시스 스쿼드의 꼬리를 잡을 수 있기 때문에 참고인 진술 정도만 받을 것이다.

그들은 주머니에서 사탕과 초콜릿을 꺼내어 내밀었다.

"듣자 하니 단것을 좋아한다고 하더군요. 강화수 장군님께서 말씀해 주셨습니다."

"…고맙습니다."

"아무튼 무사히 깨어났다니 다행입니다."

장교들은 김예린에게 그녀의 상태에 대하여 물었다.

"현재 허예나 씨의 상태는 어떻습니까?"

"거동이나 식사는 가능하지만 당장 왕성한 활동을 할 수 있을지는 미지수야."

"흐음."

"몬스터의 DNA가 너무 무리하게 투입되었기 때문에 신체의 밸런스가 깨져 버렸으니 이것을 맞추는 것도 문제이고."

"그렇다면 치료가 끝나도 집으로 돌아가는 것에는 무리가 있겠군요."

"밸런스만 잡는다면 억제제의 복용만으로도 충분히 버틸 수 있어. 그 이후의 생활에 대해선 꾸준한 관리가 필요할 것이고."

"그렇군요."

지금 그녀의 밸런스가 무너진 가장 큰 이유는 다름 아닌 심장의 교체라고 볼 수 있었다.

심장이 교체되면서 신체 기관이 극심한 타격을 받아 주변 장기가 꽤 많이 괴사된 것이다.

이것은 앞으로 그녀가 언제라도 쓰러져 발작을 일으킬 수 있다는 것을 방증하고 있는 셈이다.

"아무튼 쾌유를 빕니다."

"…감사합니다."

"자, 그럼 지금부터 본격적으로 진술을 시작하겠습니다. 만약 저희들이 건넨 질문 중에 대답하기 곤란하거나 어려운 부분이 있다면 즉각적으로 말씀해 주십시오."

"네……."

두 장교는 김예린에게 이 자리를 지켜줄 것을 부탁하였다.

"원래는 진술간에 외부인이 참석하면 안 됩니다만, 중령님께서 의료 자문으로 이곳에 남아주셨으면 합니다."

"알겠네. 그렇게 하지."

김예린과 두 장교는 이제부터 그녀의 진술을 받을 준비를 했다.

*   *   *

초호화 유람선 지하 실험실 안, 이곳에선 바이러스의 개량이 이뤄지고 있었다.

부글부글.

바이러스와 각종 세균의 숙주 배아를 개량하는 작업이 이어져 더욱더 강력한 바이러스의 탄생을 예고하는 중이다.

홍란은 저들이 개량한 바이러스가 한 번 더 타격하게 되면 과연 무슨 일이 벌어질지 모른다고 생각했다.

"지금까지 먹을 것을 궤멸시키는 바이러스가 침투하였다면 분명 더 지독한 물건들도 만들어질 거야. 인간은 언젠가 그에 대한 해독제를 개발하게 될 것이거든."

"그렇다면 상황이 지금보다 더 심각해질 수도 있겠군."

"이를테면 개량형 AI나 돼지콜레라, 광우병, 어류 폐사 바이러스라든지 아주 많은 경우의 수가 있어."

강제는 어서 빨리 세간에 이 사실을 알리고 비밀리에 기동 타격대를 불러들여야 한다고 생각하였다.

그는 조용히 핸드폰을 꺼내 들어 동영상 촬영을 시작하였다.

삐빅.

동영상 촬영이 시작되자마자 그는 주변 전경을 빠짐없이 카메라에 담아 전송이 가능한 크기로 압축하였다.

이제 이것을 강유에게 전송하기만 하면 금세 타격대가 구성되어 이곳으로 출발할 것이다.

그는 핸드폰 멀티메일에 이곳의 좌표와 유람선의 이름을 적어서 발송했다.

전송 중⋯⋯.

"됐어. 이제 곧 형이 병력을 몰고 나타날 거야."

"다행이야. 우리는 그럼 이곳에서 빠져나갈 궁리만 하면 되는 거네?"

"그런 셈이지."

두 사람이 다시 유람선을 빠져나가려는 찰나, 뜻밖의 소리가 들렸다.

위이이이잉!

유람선의 한쪽 면이 열리면서 잠수함 한 대가 모습을 드러낸 것이다.

연구진은 잠수함에 독극물 마크가 붙은 상자를 옮겨 실었는데 그 양이 꽤 많았다.

강제는 저것을 추격하지 못하면 또 다른 재앙이 일어날 것이라고 생각했다.

그는 결단을 내렸다.

"홍란아, 이곳에서 형이 올 때까지 기다려 줘."

"뭘 어쩌려고?"

"잠수함에 같이 따라 탈 거야."

홍란은 고개를 가로저었다.

"그건 너무 위험해. 잘못했다간 죽을 수도 있어."

"그렇다고 이대로 내버려 둘 수는 없지. 명색이 해병대인데."

"…이번 일과 해병대는 아무 상관이 없어. 너무 무리하지 말고 이곳에서 같이 오빠를 기다리자."

그는 홍란의 양쪽 볼을 손으로 잡았다.

"홍란아, 내 말 들어. 이번에는 내 판단이 옳다고 확신해."

"하, 하지만 그래도……."

"이번 추격전이 끝나면 같이 좋은 곳으로 여행이라도 가자."

결국 홍란은 어쩔 수 없이 그를 보내줄 수밖에 없었다.

"그래, 알았어. 이곳에서 오빠를 기다리고 있을게."

"고맙다. 나를 믿어줘서."

그는 홍란에게 권총을 건넸다.

"안전장치를 제거하고 방아쇠만 당기면 나가게 되어 있어. 위험한 상황이 오면 곧장 쏴버려."

"그럼 너는?"

"저들의 무장 상태를 봐. 어차피 들어가면 지천에 널린 것이 무기야."

"알겠어."

강제는 그녀를 등진 채 일어섰다.

"나 간다."

"기다릴게."

그녀는 강제가 떠나는 것을 끝까지 지켜본 후 1층 사물함으로 슬그머니 다가가 몸을 숨겼다.

제5장
꼬리를 잡다

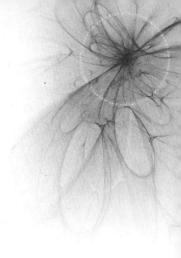

강제의 연락을 받은 강유는 당장 기용이 가능한 병력을 동원하였다.

정보 중대를 비롯한 야차 여단의 병력 50명과 수도 방위 사령부 소속 특임대 병력 100명이 강유를 따라서 한강변으로 향했다.

화수는 강제가 제보한 정보를 토대로 병력을 이끌었다.

그는 이번 임시 특임대를 총괄하면서 바이러스의 출처를 찾아내 끝까지 추격할 생각이다.

유람선 가까이 다가선 화수가 강하나 대위에게 현 위치에 대해 물었다.

"우리의 위치가 제대로 된 것이 맞나?"

"예, 그렇습니다."

"좋아, 그렇다면 지금부터 다섯 개 방향으로 조를 나누어 동시에 들어간다."

"예, 알겠습니다."

제이나와 최지하를 포함한 지휘관들이 화수에게 보고 무전을 올렸다.

―여기는 알파, 오메가 등장 바람.

"여기는 오메가."

―알파와 브라보가 동서로 진격하겠음.

"입감."

―여기는 찰리, 델타와 함께 남북으로 진격하겠다.

"알겠다. 위치를 잡는 대로 당소에게 보고할 수 있도록."

―입감.

이제 화수는 전술용 헬기를 띄워 고공 침투조를 투입시킬 타이밍을 잡을 것이다.

시계를 바라보던 그의 이어마이크로 저소음 모드의 전술용 헬기의 등장이 전해졌다.

―여기는 독수리, 오메가 등장 바람.

"여기는 오메가. 준비는 모두 끝났는가?"

―초저소음 모드로 전환하여 체공비행 하는 중이다.

"알겠다. 잠시 대기할 수 있도록."

프랑스에서 개발된 초저소음 전술용 헬기는 소리에 민감한 몬스터의 서식지를 침투하는 데 그 목적을 두고 있다.

지금 전 세계적으로 단 두 기만 생산하여 운용하고 있는데, 한 대는 야차 중대에 있고 나머지 한 대는 프랑스 용병 부대인 일레이드에 있다.

오늘 작전에는 야차 중대의 헬기가 유람선 포위 작전에 사용되고, 일레이드의 헬기는 강제가 침투한 것으로 예상되는 잠수함을 쫓는 데 사용되었다.

화수는 유람선 내부에 침투해 있는 홍란에게 전화를 걸었다.

"홍란 씨, 여기는 야차 여단입니다."

―…강화수 준장님?

"예, 그렇습니다. 지금 병력이 밖에서 대기하고 있으니 타이밍을 봐서 적당한 때에 말씀해 주십시오."

―지금 슬슬 유해 물질을 옮기고 있는 것 같아요.

"잘 알겠습니다. 그럼 지금 당장 돌입하겠습니다. 현재의 위치가 어떻게 되지요?"

―1층 선실 캐비닛에 숨어 있어요.

"알겠습니다. 조금만 기다리세요."

잠시 후 화수는 전 대원에게 무전을 보냈다.

"여기는 오메가, 현재 시각 21시 11분, 21시 12분에 작전을 실시하겠다."

—입감.

이제 화수의 카운트다운으로 작전이 시작될 것이다.

"작전 시작 10초 전, 9, 8, 7……."

말을 꺼냄과 동시에 자신 스스로도 돌입을 준비하던 화수의 눈빛이 한순간 이채롭게 빛난다.

"…3, 2, 1, 돌입!"

명령이 떨어지기 무섭게 일사불란하게 움직인 병력은 사방으로, 또는 공중으로 침투를 시작하였다.

화수는 자신이 북쪽으로 직접 진격하면서 전술용 잠수함에 탑승하고 있는 황문식 중령에게 연락을 취했다.

"여기는 오메가, 돌고래 응답하라."

—여기는 돌고래.

"작전이 시작되었다. 돌고래는 현 위치를 고수하며 탈출하는 용의자가 있다면 즉시 검거하라."

—입감.

화수는 북쪽 선미를 통하여 돌입한 후 그곳을 지키고 있는 병력을 일거에 궤멸시키기로 했다.

—전방에 적 출현!

—후방에서 알아서 처리하겠다.

전술용 헬기에 탑승하고 있던 김태하 소령이 저격수 팀과 함께 사격을 개시하였다.

—발사!

핑핑핑!

"크허억!"

화수는 총알에 맞은 적들에게로 달려들어 목을 비틀어 최후를 선사하였다.

우드드득!

이윽고 무전기를 탈취한 그는 적의 동선을 파악하였다.

—…치익, 작전을 시작하겠다. 앞으로 5분 후에 지하 선실로 집합할 수 있도록.

화수는 이와 같은 내용을 각 팀장들에게 그대로 전달했다.

—지하 선실을 뒤져야겠군.

—공중 침투조가 다이렉트로 돌입하겠음.

"알았다."

이제 지하 선실은 부하들에게 맡기고 사물함이 늘어서 있는 지상 선실로 들어선 화수는 캐비닛에 들어 있는 홍란을 구출하기로 했다.

똑똑.

화수가 캐비닛을 두드리자 그 안에서 조용히 숨어 있던 홍란이 모습을 드러냈다.

긴장감으로 인해 땀을 비 오듯 흘린 그녀는 상당히 수척해진 얼굴이다.

"가, 강화수 준장님?"

"예, 제가 강화수입니다. 괜찮으십니까?"

"저는 괜찮아요. 우리 강제는……."

"지금 최강유 전 의원이 최고의 용병단과 함께 그들을 맹추격하고 있습니다. 헬기에 잠수함, 전술 비행기까지 대거 갖추었으니 너무 걱정하지 마십시오. 잘될 겁니다."

"감사합니다."

"아니요, 오히려 저희들이 너무 감사하지요."

그는 자신의 야전 상의를 벗어서 홍란에게 건넸다.

"자, 이것을 입으세요."

"고맙습니다."

화수는 정보 중대 명선미 중위에게 그녀의 인도를 맡겼다.

"VIP를 모시고 이곳을 빠져나간다."

"예, 알겠습니다."

병력 네 명과 함께 VIP 수행을 맡은 명선미가 홍란을 데리고 탈출하자 화수는 곧장 지하로 향했다.

*　　　　*　　　　*

같은 시각, 강유는 동생 강제의 핸드폰 위치 추적을 통하여 적의 잠수함을 추격하는 중이다.

전술용 비행기에 탑승한 강유는 공군 전투비행단의 보고를 받았다.

―여기는 델타 1, 적의 위치를 파악하였다.

"정확한 좌표를 송출할 수 있도록."

―입감.

전투비행단은 전투기에 능동형 스마트 어뢰를 장착하여 언제라도 적을 타격할 수 있는 준비를 마쳤다.

다만 저 안에는 강유의 동생 강제가 들어 있기 때문에 함부로 발사하는 것은 불가능하였다.

강유는 최산용 중령에게 잠수함 투입을 종용하였다.

"최산용 중령, 이제 곧 잠수함이 필요할 것으로 보입니다."

―잘 알겠습니다.

전술용 비행기를 운전하던 최산용 중령은 잠수함 조종사를 조종석으로 보내 강하 준비를 마쳤다.

알렌 그레이는 단 15초 만에 잠수함의 출격 준비를 마쳤다.

―여기는 둥지, 전 병력 탑승 바람.

"알겠다."

강유는 일레이드의 병력 20명과 함께 잠수함에 탑승하였다.

레이시스는 적의 좌표를 디지털 지도에 표기하여 강유에게
건넸다.

"작전의 지휘를 넘기겠다."

"정말 나로 괜찮겠나?"

"당신의 능력을 인정하겠다는 뜻이지."

강유는 옅은 미소를 지었다.

"고맙군."

이제 작전의 지휘권을 온전히 넘겨받은 강유는 작전의 개요
에 대해 설명하였다.

"열 명씩 조를 편성하여 위아래로 침투하기로 하지."

"알겠다."

"내가 알파, 레이시스가 브라보를 맡고 알렌이 지원을 담당
하면 되겠군."

"그래, 그럼 그렇게 하자고."

알파 팀의 지휘를 맡은 강유는 동생 강제의 정확한 위치를
파악하여 그를 팀에 합류시키기로 했다.

"우리 알파는 잠수함의 천장으로 침투하여 북부 기관실에
서 침투자와 합류할 것이다. 그때까진 절대로 교전을 피하고
적의 심장부를 타격하기 전까진 되도록 발각되지 않는 편이
좋겠지."

"그럼 적이 공격을 해올 땐 어떻게 하지?"

"어쩌긴 죽여야지."

강유는 이번 작전에서 가장 중요한 것이 무엇인지 역설하였다.

"이놈들은 범죄자들이다. 그것도 인류의 생존을 위협하는 아주 심각한 범죄자들이지. 만약 죽여서 문제가 된다면 내가 다 책임지겠다. 그러니 자비를 베풀 생각은 아예 하지도 마라."

"후후, 화끈해서 좋군."

잠시 후, 알렌 그레이가 대원들에게 목표물로의 접근이 완료되었다고 보고하였다.

"목표물이 보이는군. 지금 우리는 스텔스 모드이지만 잘못하면 발각될 확률이 있다. 그러니 이곳에서 각 대원들을 발사하여 보내주겠다. 이의 있나?"

"사람을 발사한다고?"

"그게 가장 이상적인 방법이다."

조금 황당하긴 하지만 좋은 방법이라니 일단 모두 수긍하고 본다.

"좋아, 그럼 스쿠버 슈트를 착용하고 동시에 침투하는 것으로 하지."

20명 전원이 스킨스쿠버 복장을 갖추고 수중 침투가 가능한 소총을 파지하였다.

알렌은 잠수함 하부에 위치한 두 개의 발사대에 각각 인원을 위치시켰다.

"발사대는 사람이 편하게 누울 수 있도록 홈이 파여 있다. 그곳에 들어가 긴장하고 있으면 알아서 발사될 테니 특별히 할 것은 없어."

"사람을 발사하다니, 이런 생각은 도대체 누가 해낸 거야?"

"원래 인간은 자신들에게 편한 쪽으로 무기를 개발하잖아? 이것도 그의 일환이라 볼 수 있지."

"편리해서 좋군."

맨 처음으로 발사대에 위치한 사람은 레이시스와 강유였다.

철컥!

발사대에 누워 안전장치를 연결시키자 빨간색 신호등에 불이 켜졌다.

"녹색이 되면 발사한다. 준비해."

"알겠다."

딩동!

이내 빨간색이 녹색으로 바뀌자, 해치가 열리면서 두 사람이 각자의 위치로 발사되었다.

위이이잉, 펴엉!

어뢰과 비슷한 속도로 발사된 레이시스와 강유는 목표한 위치로 정확하게 날아갔다.

꼬르르륵!

강유는 잠수함 상부로 날아가 사뿐히 안착하였다.

그는 잠수함 상부에 위치한 발사대의 입구 전자 기기에 PDA를 연결하였다.

삐빅!

이제 곧 잠수함 외부 시스템을 해킹하여 잠입이 가능해질 것이다.

그동안 알파 팀 전원이 발사대 앞으로 안착하여 안전한 작전 시작을 목전에 두고 있다.

잠시 후, 강유의 PDA가 시스템 침투를 완료하였다.

[해킹이 완료되었습니다]

강유는 해치를 개방하여 사람이 들어갈 수 있을 정도의 공간을 확보하였다.

드르르륵!

그는 대원들을 차례대로 침투시킨 후 잠수함에 보고하였다.

"여기는 알파, 상부 침투를 완료하였다."

─수고 많았다. 둥지는 이곳에서 대기하겠다.

"입감."

강유는 하부에서 준비 중인 브라보 팀에게 무전을 보냈다.

"여기는 알파, 브라보의 현 상황은 어떤가?"

―브라보, 작전이 성공적으로 진행되는 중이다. 이따가 잠수함 내부에서 만나자고.

"알겠다."

강유는 퇴로 확보를 위해 해치를 약간 개방해 놓고 잠수함 내부로 진입했다.

철컥.

잠수함 내부 해치를 닫고 안으로 들어서니 벌써부터 악취가 진동했다.

"…이게 무슨 냄새지?"

"아무래도 바이러스나 세균을 증식시키느라 생긴 부패 가스가 냄새를 풍기는 것 같아."

"정말이지 지독한 악취로군. 이런 냄새를 맡으면서까지 일을 하고 싶을까?"

잠시 후, 강유의 핸드폰으로 전화가 걸려왔다.

드르르륵!

강제

그는 황급히 전화를 받았다.

"강제?! 지금 어디야?"

―외부 해치에서 그리 멀지 않은 곳이 있어. 그나저나 이제 곧 발사가 시작될 것 같아. 어서 조치를 취해야 할 것 같은데?

"5분 안에만 해결하면 된다. 중간에서 만나자. 우리는 지금

해치 부근이야."

―알겠어.

대략 30초 후, 강제와 강유의 병력이 중간에서 조우했다.

"형!"

강유는 웃는 얼굴로 나타난 강제를 보자마자 뒤통수를 후려갈겼다.

따악!

"으윽!"

"이런 멍청한 놈, 여기가 어디라고 혈혈단신으로 침투해? 죽고 싶어서 환장했냐?"

"…그럼 어떻게 해? 이대로 놓치면 다 죽을 수도 있는데."

강유는 실소를 흘렸다.

"참, 네놈도 어지간히 골통이구나."

"당연하지. 누구 동생인데?"

그는 강제에게 전투 조끼와 지정 사수 소총을 건넸다.

"스나이플은 못 가지고 왔어. 군에서 저격수였다면서?"

"내가 총은 좀 쏘지."

"잘되었군. 안 그래도 스나이퍼가 편성되지 않아서 조금 껄쩍지근했는데 말이야."

"시기적절한데? 내가 투입된 시점이 아주 적절했어."

"그래, 그런 것 같아."

이제 강제까지 합류했으니 본격적인 총격전을 시작할 차례다.

"그럼 놈들을 족치러 한번 가볼까?"

"좋지."

열한 명의 병력이 잠수함 내부 깊숙한 곳으로 침투하여 들어가기 시작했다.

*　　　　　*　　　　　*

호화 유람선 지하로 향하는 길, 화수의 이어마이크로 각 팀장들의 무전이 날아들었다.

—제1 구역, 이상 무!

—제2 구역, 이상 무!

—제3 구역, 이상 무!

—공중, 이상 무!

화수는 네 구역이 모두 완벽하게 장악되었다는 소식을 듣곤 이내 일제 타격을 명령하였다.

"타격한다! 살아남는 놈이 없어도 좋다! 더 이상의 오염 행동을 할 수 없도록 무차별적으로 공격하라!"

—입감!

이제부터는 난타전이 벌어질 것이니 화수 본인이 지하에 있는 연구원 중 한 명만 잡아오면 상황은 빠르게 정리될 것이다.

화수는 신속하게 보법을 밟았다.

파바바바밧!

바람을 타고 지하로 내려가 보니 교전이 한창이다.

두두두!

매캐한 화약 연기를 뚫고 전방으로 쏘아져 나간 화수는 위험물 상자를 수호하는 연구원들 사이를 비집고 들어갔다.

쉬이이익!

화수는 연구원 중에서도 가장 나이가 많고 무기를 들지 않은 남자를 사로잡기로 했다.

"저놈이 주동자인 모양이군."

부하들이 죽든 말든 상관하지 않고 자신이 해야 할 일을 하는 것을 보면 틀림없이 저놈이 우두머리일 것이다.

화수는 중년의 목덜미를 틀어쥐었다.

턱!

"크허억!"

"잡았다!"

중년의 손에는 빨간색 기폭 장치가 쥐어져 있었는데, 이것을 가지고 화학물의 폭발을 일으키려는 것 같았다.

화수는 그의 손모가지를 확 비틀어 버렸다.

뚜두두둑!

"끄아아아아악!"

"앞으론 더 이상 그런 말도 안 되는 짓거리를 못 하도록 만들어주마."

"이, 이런 괴물 같은 새끼를 보았나?!"

손목이 부러지는 바람에 기폭 장치를 바닥에 떨어뜨린 중년은 자신의 주변에 있는 부하들에게 목청껏 외쳤다.

"기폭 장치를 회수해라! 최우선 사항이다!"

"…후퇴! 기폭 장치를 사수한다!"

화수는 죽기 직전까지 기폭 장치를 지키려는 그의 기개를 높게 샀다.

"아주 열사 납셨군그래, 그 기개만은 높게 사주지. 하지만 더 이상의 난리 법석은 내가 용납하지 못한다."

단전에서부터 내가진기를 끌어올린 화수는 단박에 그것을 터뜨려 붉은색의 사자후를 만들어냈다.

"으헙!"

콰아아앙!

단발의 사자후가 터지자 주변에 있던 연구진이 피를 토하며 쓰러졌다.

"쿨럭!"

"허, 허억!"

"어차피 쭉정이는 필요 없다. 알맹이 하나만 건지면 끝날 문제니까."

화수는 중년의 허벅지를 부러뜨려 버렸다.

빠각!

"끄아아아악!"

"다시 한 번만 더 도망가려는 수작을 부렸다간 갈비뼈를 생으로 뽑아버리겠다."

"허억, 허억!"

대퇴부에 복합골절이 일어나 제대로 서 있지도 못하는 상황이 되어버린 중년은 이제 모든 것을 체념한 것 같았다.

"…빌어먹을!"

"만약 우리의 말만 잘 들어준다면 더 이상의 고통은 없을 것이다. 알겠나?"

"마음대로 해라."

화수는 그를 포박하여 지상으로 데리고 올라가도록 지시하였다.

"1팀은 이놈을 데리고 올라가고, 2팀은 이곳의 샘플을 확보한다. 3팀은 유람선을 육군본부로 가지고 가는 작전을 시작하라."

"예, 알겠습니다."

─입감.

이로써 더 이상의 추가 피해가 벌어지는 대참사는 막은 셈이다.

남은 것은 저 뻔뻔한 중년을 족치는 것뿐이다.

*　　　*　　　*

한편, 강유와 용병단은 잠수함 발사대 앞에 모인 150명의 병력과 대치 중이다.

어뢰와 미사일 형태로 된 화학물을 날리기 위해 필사적으로 저항하는 연구진이었으나 강유의 상대가 될 수는 없었다.

강유는 단 일격에 적을 궤멸시킬 수 있는 장법을 쳤다.

"황룡승천격!"

쿠르르르르릉!

강력한 내공으로 이뤄진 암전이 먹구름을 만들어내더니 그 사이에서 황색 용이 머리를 들이밀었다.

크르르르릉!

순간, 주변에 모여 있던 용병단과 연구진이 화들짝 놀라 입을 떡 벌렸다.

"허, 허억!"

"…저런 초인이 우리의 편이라는 것은 정말이지 신의 축복인 것 같군."

강유의 편에 선 용병단은 가슴을 쓸어내렸지만 그 반대인 제네시스 스쿼드의 일원은 마른침을 삼켰다.

"제기랄! 쏴! 쏘란 말이다!"

"죽어라!"

두두두두!

엄청난 양의 총알이 황룡을 무력화시키기 위해 애를 썼지만, 그것은 어디까지나 쓸모없는 발악에 불과했다.

애초에 내가진기로 이뤄진 황룡이 총알에 맞아 숨지는 일이 벌어질 리 만무했기 때문이다.

강유는 황룡승천장의 위력을 유감없이 뿜어내기로 했다.

"황룡낙쇄!"

황룡승천격이 전방으로 쏘아져 나가면서 생겨난 암전이 바닥으로 떨어져 내리며 사방 천지가 모두 전기로 물들었다.

쫘지지지지직!

덕분에 150명의 인원이 단 일격에 숨을 거두어 버렸고, 미사일은 발사 불능 상태가 되어버렸다.

강유는 황룡승천격을 거두어들인 후 동료들에게 상황을 정리할 수 있도록 지시하였다.

"시신을 치우고 미사일을 밀봉하자. 잠수함은 국방 연구소로 가지고 가고."

"알겠다."

일사불란하게 움직이는 용병들 사이로 강제가 다가왔다.

그는 강유를 향해 엄치를 척 들어 올렸다.

"역시 형은 사람을 실망시키는 일이 없구나."

"예전엔 주먹을 쓸 줄 몰랐지만 지금은 알아. 그냥 내가 할 수 있는 일을 하는 것뿐이지."

"아무튼 대단해."

엄지를 척 들어 올린 강제를 바라보며 강유가 물었다.

"그나저나 너는 기업가보다 군인이 더 어울리는 것 같네?"

"원래 군대 체질이었어. 다만 집안에서 너무 반대가 심해서 부사관을 때려치우고 나왔을 뿐이지."

"그렇군."

만약 강유가 기업가의 길을 걸었다면 강제가 지금처럼 꿈을 접고 자신만의 새장에 갇혀 사는 일은 벌어지지 않았을지도 모른다.

강유는 강제에게 화수를 만나보는 것을 제안했다.

"혹시 야차 중대의 강화수 준장에 대해서 알고 있어?"

"강화수 준장, 모든 수렵 부대의 우상이지."

"사실은 그와 내가 조금 안면이 있어. 일레이드의 단장과도 같이 일을 했고."

그는 강제에게 명함을 한 장 건넸다.

"찾아가 봐. 만약 네가 군인의 길을 걷고 싶다면 전시 임관으로 채용이 가능할지도 모르지."

"전시 임관?"

"원래 강화수 준장도 처음엔 상사였어. 그런데 전시 임관으로 몬스터 관련 사건을 처리하면서 지금의 위치에 서게 된 것이지."

"아아!"

"지금 군에선 인재가 모자라서 난리야. 만약 네가 군에 다시 입대해 준다면 아마 엄청난 환영을 받을지도 모르지. 더군다나 지금처럼 전 세계를 구한 공적이라면 상사로 편제되어 소령으로 전시 임관을 할 수 있을 거야."

강제는 씁쓸하게 웃었다.

"다시 군에 들어갈 수 있다는 것은 참을 수 없을 만큼 달콤한 제안이지만 나에겐 가족이 있잖아?"

"알아. 가족이 있지. 하지만 네가 그 기대에만 부흥하면서 살 필요는 없어. 이제는 내가 돌아왔으니까."

순간, 강제의 눈동자가 격하게 흔들렸다.

"…정말로 내가 군에 들어갈 수 있을까?"

"네 의지만 굳다면. 강화수 준장에겐 폭넓은 인맥이 있으니 기무 사령부나 육군 첩보단 등에 들어갈 수도 있고 수렵 부대에서 일을 배워볼 수도 있을 거야."

이것은 강제에게 다시없는 기회였다.

그는 결심을 굳혔다.

"알겠어. 강화수 준장을 찾아가 볼게."

"그래, 잘 생각했다."

강유는 지금까지 자신이 무심해서 동생의 앞길을 막았으니 이제부터는 자신이 희생할 차례라고 생각했다.

"회사는 내가 되찾는다. 걱정하지 마."

"고마워."

"고맙긴."

그는 강제를 데리고 상황 수습에 나섰다.

"일단 이곳만 함께 수습하고 강화수 준장을 찾아가자."

"알겠어."

강유 형제는 용병들과 함께 현장을 신속하게 수습해 나갔다.

＊   ＊   ＊

이른바 폐사 바이러스 사태가 종식되고 난 후 대한민국을 비롯한 전 세계가 다시 평화를 되찾았다.

강제는 강유와 일레이드 용병단 등의 제보를 토대로 유엔과 한국, 미국, 일본, 중국 등에서 훈장을 받았다.

이제 강제가 원한다면 군이나 경찰, 국정원 등에 들어갈 수 있는 특전이 주어졌고, 그와 동시에 유엔군 소속 특수수사부로 편입이 가능해졌다.

어떤 부대로 가던 강제의 앞길은 탄탄대로라는 소리였다.

그는 한국군 해병대 원사로 재입대하여 소정의 교육을 거친 후 중령으로 재편되는 길을 선택하였다.

장교로 임관한 후엔 유엔평화유지군으로 들어가 특무조사단 수사팀장을 역임하면서 전 세계를 돌아다닐 예정이다.

이제 그는 한국군 계급과 유엔군 계급 두 개가 생겨난 것이다.

서울 용산의 합동참모부에서 진행된 강제의 표창장 수여 및 재입대 환영식이 열렸다.

단상 위에 올라선 합참의장과 악수를 하는 그를 멀리서 바라보는 두 사람이 있다.

찰칵찰칵!

카메라 세례가 쏟아지는 가운데 화수가 강유에게 물었다.

"그나저나 혼자서 가문을 지킬 수 있겠어?"

"못 할 것도 없지."

"정말?"

"내가 쓸데없는 객기로 이와 같은 일을 벌였다고 생각하나?"

"그러고도 남을 사람 같아서."

"뭐, 아주 틀린 소리는 아니지만 이번에는 좀 달라."

화수가 고개를 끄덕였다.

"그래, 부디 그래야지."

"아무튼 동생의 앞길을 닦아주는 일에 조금이나마 힘을 보태주어서 고맙다."

"징그럽군. 앞으로 고맙다는 말은 하지 마라. 속이 뒤집힐 것 같아."

"…알았다, 이 빌어먹을 자식아."

"후후, 이제 좀 적응이 되는군."

이제 강유는 동생 강제를 멀리서나마 지켜보며 응원하는 형이 될 것이다.

제6장

일상

대전 유성에 위치한 화수의 집에 새벽부터 불이 켜져 있다.

탁탁탁!

꼭두새벽부터 잠자리에서 일어난 화수와 성희가 분주하게 도시락을 준비하고 있다.

김밥과 월남쌈 등을 준비하고 중간에 마실 음료수도 직접 만들었다.

두 사람이 이렇게 여유를 부릴 수 있는 것은 야차 여단의 부대 정비가 일주일간 이뤄지기 때문이었다.

화수는 일주일간 휴가를 받았고, 성희는 그동안 밀려 있던 월차를 몰아서 사용하기로 했다.

오늘부터 일주일 동안 여행을 다닐 두 사람은 별다른 목적지도 없이 그저 발길 닿는 대로 여행하기로 마음먹었다.

첫 번째 목적지를 찾아가는 동안 먹을 음식을 준비하는 것은 그곳에 과연 어디인지 알 수가 없기 때문이었다.

스마트 내비게이션에 내장된 랜덤 여행 어플리케이션은 여행자들이 만들어놓은 데이터베이스를 기반으로 무작위로 행선지를 정하게 된다.

그를 따라서 여행하면 생전 처음 가보는 곳이나 아주 깊숙한 시골 마을도 가게 될 수 있었다.

그렇기 때문에 두 사람은 두 끼 먹을 도시락을 준비하고 있는 것이다.

성희는 오늘 아주 행복해 보이는 얼굴이다.

"화수 씨, 난 개인적으로 산골 마을이 좋아요. 고즈넉하고 조용한 곳 말이에요."

"나도 그렇습니다. 바라기는 첫째 날에는 산골에서 묵고 둘째 날에는 바다에서 보냈으면 좋겠어요."

"딱 좋네요!"

"만약 이틀 동안 우리가 원하는 곳이 나오지 않으면 그냥 산과 바다를 따라서 여행합시다."

"그래요, 좋은 생각이에요."

랜덤 여행의 묘미는 미상의 행선지에 대한 기대감이라고 볼 수 있고, 만약 행선지가 너무 마음에 안 들면 당장 변경할 수 있다는 편의성이다.

두 시간 만에 도시락을 완성한 두 사람은 화수의 SUV에 짐을 마구 때려 실었다.

차가 넓어서 짐을 아무리 많이 실어도 문제될 것이 없으니 옷이고 살림살이고 죄다 욱여넣는 것이다.

캠핑용품부터 낚시용품, 스킨스쿠버 등 취미로 즐길 수 있는 것들과 실용품 대부분이 들어가 있다.

여행에 들어갈 살림살이를 모두 실은 화수는 차량의 트렁크에 있는 냉장고에 식자재와 도시락을 집어넣었다.

몬스터 코어 발전기로 돌아가는 냉장고는 차량의 시동이 꺼져도 작동하기 때문에 상당히 편리했다.

더군다나 일반 가정집의 소형 냉장고 세 개를 합쳐놓은 크기이기 때문에 며칠 먹을거리는 충분히 담을 수 있었다.

화수 커플은 똑같은 디자인의 트레이닝복을 입고 차량에 탑승했다.

"자, 그럼 가볼까요?"

"좋아요!"

두 사람은 손을 꼭 잡은 채 차를 타고 첫 번째 랜덤 여행의 목적지를 향해 달려 나갔다.

　　　　*　　　　　*　　　　　*

　두 사람이 세 시간 동안 쉬지 않고 달려서 도착한 첫 번째 목적지는 강원도 화천이었다.

　화천은 계곡과 폭포, 호수가 유명하고 수달의 번식지로 알려진 곳이다.

　그만큼 한 해에도 엄청난 숫자의 관광객이 유입되는 곳이지만 남북 전쟁의 격전지이며 몬스터의 제1 출몰 지역이기도 했다.

　지금은 휴전선 이남 지역에 있는 몬스터가 거의 대부분 정리되었기 때문에 계곡에서 물놀이를 즐기거나 호수에서 여름 스포츠를 즐길 수 있었다.

　또한 산골 마을의 정취가 물씬 풍겨오는 감성 마을 등은 관광객들에게 인기가 높았다.

　화수와 성희는 강원도 화천의 명물이라 불리는 중화요리집을 찾았다.

　비록 그리 크지는 않지만 강원도 화천, 철원 지역에선 이곳을 모르면 간첩이라는 소리를 들을 정도였다.

　게다가 유명 연예인들이 이곳을 자주 찾아왔기 때문에 일본과 중국에서 관광객이 자주 찾아오곤 했다.

그만큼 자장면과 짬뽕의 맛이 일품이며 탕수육 또한 거의 독보적이라는 소리를 들을 정도로 맛있었다.

그 밖에도 수많은 메뉴가 있지만 하나같이 엄지를 척 들어 올리는 것은 역시나 자장면이었다.

화수와 성희는 이곳까지 오는 길에 도시락을 하나 먹어치웠지만, 자장면을 그냥 지나칠 수가 없었다.

식당 안으로 들어선 두 사람은 이른 아침부터 인산인해를 이루는 여행객들 덕분에 번호표를 뽑고 기다릴 수밖에 없었다.

화수는 이곳의 자장면 집 풍경을 바라보며 아련한 표정을 지었다.

"한때 이곳에 야차 중대의 전진기지가 있었습니다."

"랜덤 여행으로 온 곳치곤 인연이 깊네요?"

"그런 셈이죠. 그때의 화천은 몬스터와의 격전으로 인해 상당히 피폐해졌습니다만, 그래도 추억이 꽤 많습니다."

"어땠는데요?"

그는 피폐하던 당시의 상황을 아주 자세하게 그려냈다.

"이곳에 주둔하고 있던 세 개 사단이 전부 후퇴하여 마을만 덩그러니 남게 되었는데, 우리 부대는 그 중앙에 천막을 치고 있었습니다. 제대로 된 막사를 세우기엔 너무 상황이 안 좋았거든요. 더군다나 당시의 야차 중대는 설립된 지 그리 오래되지 않아서 저 역시 수렵 초보였습니다. 그냥 시키면 시키는 대로 움직이고 선임들이 자라면 자고 먹으라면 먹었죠."

"하사이던 시절의 추억이네요."

"아무것도 모르던 시절이기에 무서운 줄도 모르고 일했습니다. 지금 돌이켜 생각해 보면 그곳에서 살아남은 것이 거의 기적이었다 싶지요."

화수는 손가락으로 저 멀리 보이는 산을 가리켰다.

"저곳에서 항상 몬스터들이 내려왔는데, 우리는 이곳 수피천에서 빨래를 하다가도 총을 들고 싸우러 나갔습니다. 빨래, 목욕, 식수 조달 등이 수피천에서 이뤄지니 어쩔 수가 없었죠."

"빨래나 식수 조달까진 그렇다 쳐도 목욕을 하다가 몬스터가 내려오면 어떻게 해요?"

"그땐 남녀 할 것 없이 그냥 발가벗은 상태로 총을 잡았습니다."

"어머나, 그럼 실오라기 하나 걸치지 않고 그냥 총질만 하는 거네요?"

"그렇지요. 간신히 속옷이라도 입으면 다행이고 그렇지 못하면 그냥 맨살로 엎드려 쏴 자세를 취하는 겁니다."

"세상에, 너무한 것 아니에요?"

"그래도 몬스터의 침입에 의해 사람들이 죽는 것보다는 훨씬 낫습니다. 만약 옷을 챙겨 입는 단 몇 초의 시간 때문에 방어선이 뚫리기라도 하면 다 죽는 것이니까요."

"너무나 힘든 나날을 보냈네요."

화수는 고개를 저었다.

"아닙니다. 그때의 제가 있었기에 지금의 제가 있는 거죠. 저는 그때의 경험이 그 어떤 나날보다 더 값지다고 생각합니다. 당시 제가 후방 지역에서 군화나 닦고 있었다고 생각해 봐요. 지금의 야차 중대는 있지도 못할 겁니다."

"그래요. 그건 맞는 소리네요."

그녀는 화수의 손을 꼭 잡았다.

"앞으론 그런 고생 없겠죠?"

"후후, 사람 일은 모르는 것이니까 그보다 더 힘든 일이 벌어질지도 모르죠."

지금까지 수많은 역경을 헤치고 걸어온 화수이지만 나날이 자신의 힘으로도 어쩔 수 없는 사건이 벌어질 때가 많다고 느꼈다.

그럴 때마다 그는 이 또한 자신의 앞날에 거름을 주는 일이라고 생각하면서 버티곤 했다.

"아무튼 이곳에서 자장면 한 그릇 먹고 저녁에는 술국에 한잔합시다. 이 동네 술국이 또 그렇게 맛있거든요."

"그래요. 그렇게 해요."

화수와 그녀는 중화요리를 점심으로 먹고 인근에 위치한

육군 회관에서 저녁까지 지냈다가 다시 나오기로 했다.

*   *   *

그날 저녁, 화수와 성희가 술국에 닭내장탕을 시켜놓고 소주를 한잔 걸치고 있다.

지글거리는 내장탕에 술국의 조화는 가히 금상첨화라 할 수 있었다.

나란히 앉아 술잔을 기울이고 있는 화수의 귀에 왁자지껄한 소리가 들렸다.

웅성웅성.

화수가 고개를 돌려보니 인근 부대에서 근무하는 병사들이 외박을 나온 것 같았다.

병사들은 오랜만의 외출에 잔뜩 신이 나서 계급장 없이 서로 어울려 장난치면서 자리에 앉았다.

그는 성희에게 양해를 구했다.

"성희 씨, 5분만 시간을 주실 수 있습니까?"

"병사들과 이야기하고 싶어서요?"

"술값이라도 좀 내주고 싶어서요."

그녀는 흔쾌히 그를 보내주었다.

"저는 이곳에서 풍경을 구경하고 있을게요. 얼마든지 다녀

와요."

"이해해 줘서 고맙습니다."

"후후, 별소리를 다 하시네요."

이윽고 자리에서 일어선 화수는 병사들에게 다가갔다.

"사병, 어느 부대에서 나왔나?"

"이 앞 109연대에서 나왔습니다."

"으음, 109연대면 수송대 박철환 상사에 대해서 알고 있겠군."

"어라? 우리 행정 보급관님을 아십니까?"

"잘 알지. 한때 전장에서 같이 싸운 전우니까."

화수는 손을 들어 식당 주인을 불렀다.

"여기 소주 각 세 병씩 주시고 안주도 쫙 돌려주세요. 제가 삽니다."

"오오! 감사합니다!"

병사들은 화수에게 박철환 상사에 대해 말했다.

"안 그래도 행정 보급관님이 퇴근길에 이곳을 잠시 들렀다가 가시겠다고 말씀하셨습니다."

"박철환, 오랜만이군."

화수는 자리로 돌아가 성희에게 박철환 상사와의 술자리를 제안했다.

"얼마 전에 결혼했다는 소식을 들었는데, 축의금을 못 줘서 미안하던 참입니다. 한잔 같이 하는 것이 어떨까요?"

"저야 좋지요. 화수 씨의 친구들을 얼마 못 만나봤으니 이렇게라도 만나면 좋잖아요?"

순간, 화수의 표정이 딱딱하게 굳었다.

"…아니다. 나중에 마실까요?"

"왜요? 뭔가 찔리는 구석이라도 있나요?"

"그런 것은 아니지만……."

성희는 안절부절못하는 화수의 모습이 귀여워서 일부러 더 술자리를 종용하였다.

"안 되겠어요. 난 오늘 반드시 술을 한잔해야겠는데요?"

"그, 그럼 어쩔 수 없죠."

인간이라는 생물은 무릇 과거에 대한 솔직한 얘기를 꺼낼 때면 왠지 위축되게 마련이다.

하지만 화수는 그런 막연한 불안함보다 오래된 추억을 나눌 수 있는 전우와의 술자리가 더 간절했다.

그는 설레는 마음으로 술자리를 이어나갔다.

박철환 상사는 얘기가 나온 지 10분 만에 도착했다.

그는 강원도 화천으로 화수가 다시 찾아올 것이라곤 전혀 상상하지도 못한 눈치였다.

박철환은 화수를 보자마자 고래고래 소리를 질렀다.

"강화수! 이게 도대체 얼마만이야?!"

"자네는 여전하군. 아직도 목청이 좋아. 누가 보면 가수인 줄 알겠어."

"하하, 자네도 변한 것 하나 없군! 여전히 짱돌처럼 단단해 보여!"

"세월이 무색해. 나도 이젠 많이 변했다고."

박철환은 화수에게 자리에 앉을 것을 권했다.

"잠시 후에 내 아내가 이곳으로 올 거야. 같이 한잔하자고."

"아아, 맞아. 결혼했지?"

"그래. 자네가 온다고 노래를 부르다가 결국엔 오지 못한 그 결혼식 말이야."

"거참, 아직도 마음에 담아두고 있어?"

"당연하지. 난 자네가 꼭 올 것이라고 믿고 있었거든."

"미안하게 되었군."

"큭큭, 뭐, 그럴 수도 있지."

그는 화수의 곁에 있는 성희에게 꾸벅 고개를 숙였다.

"인사가 늦었습니다. 박철환입니다. 화수와는 기수가 같은 동기입니다."

"차성희입니다."

박철환은 그녀를 보자마자 고개를 갸웃거렸다.

"으음? 그런데 어디서 많이 본 것 같은데? 자네가 예전에 만나던 사람인가?"

"…무슨 소리를 하는 거야? 내가 무슨 여자를 만나?"

"하긴, 여자와는 아예 거리가 멀었지."

가만히 그녀를 살펴보던 박철환이 무릎을 쳤다.

"아아, 맞아! 아나운서!"

"네, 맞아요."

"어쩐지! 이야, 자네 출세했네?! 이상형과 연애하는 사이라니 말이야!"

순간, 화수가 멋쩍은 얼굴로 술잔을 권했다.

"험험, 이 친구가 못 하는 소리가 없네. 한잔하지."

"큭큭, 쑥스러워? 강화수답지 않은데?"

"…시끄러워."

성희는 부끄러워서 고개를 푹 숙인 화수의 옆구리를 쿡쿡 찔렀다.

"이봐요, 아저씨. 내가 이상형이었어요?"

"…몇 번이고 말하지 않았습니까? 당신이 이상형이라고."

"전 그냥 듣기 좋으라고 하는 말인 줄 알았죠."

"내가 그렇게 실없는 사람 같습니까? 저는 처음부터 진심이었다고요."

"어머, 그래요? 훗, 기분이 좋네요."

알콩달콩 얘기를 나누는 두 사람에게 박철환이 말했다.

"이제 다 왔다는군."

"그래?"

얘기를 나누던 두 사람이 자리에서 일어나는데 박철환의 그녀가 문을 열고 들어섰다.

그녀는 술집의 문을 열자마자 호탕하게 웃으며 들어왔다.

"오호호! 우리 찌질이 화수가 왔어?!"

"…여전하군."

성희는 고개를 갸웃거렸다.

"어머나? 사모님과 원래 아는 사이예요?"

"조금."

박철환의 아내 신미림은 여전히 호탕하게 웃으며 말했다.

"오호호! 당연하죠! 내가 옆구리에 끼고 사냥도 가르치고 내무 생활도 가르쳤는데요!"

"내무 생활?"

화수는 떨떠름한 표정으로 말했다.

"처음 자대 배치를 받아 야차 중대가 생기기 전 저를 돌봐 주던 사수였습니다."

"아아! 저분이 그럼 그 악랄한……."

신미림이 호쾌하게 웃으며 답했다.

"호호호! 그래요. 내가 바로 이 구역의 미친년이에요. 사람들은 저를 똘녀라고 불렀답니다."

"그, 그렇군요."

화수가 아직 초임 하사이던 시절, 신미림은 화수를 혹독하게 굴리며 교육시켰다.

하루에도 몇 번씩 사수가 바뀌는 전장이기에 화수는 자신의 바로 위에 있던 선임들의 이름을 전부 다 기억하지도 못했다.

신미림은 그런 그들 사이에서도 유일하게 가장 오래 살아남은 첫 정식 사수였다.

화수가 수렵에 대한 직접적인 교육을 받은 사람은 따로 있지만 실전에서 조언을 해주고 교육시킨 사람은 바로 신미림이었다.

신미림은 감회가 새롭다는 듯이 웃었다.

"그나저나 우리 화수가 이제는 장군이라니, 믿기지가 않네. 코 질질 흘리던 시절이 엊그제 같은데 말이야."

"나도 그래요. 당신이 이제는 박철환 상사의 아내라니, 우리 세 사람을 아는 사람이라면 절대로 믿지 않을 겁니다."

그녀는 고개를 저었다.

"공은 공, 사는 사야. 철환 씨가 남자로서 매력이 있잖아?"

"험험, 그런가?"

"당연하지."

화수는 박철환과 함께 신미림에게 두들겨 맞던 그때를 아직까지 또렷이 기억하고 있었다.

그런 당시의 얼굴은 그야말로 악마와 같았지만 지금은 그

저 평범한 여자로서 박철환을 사랑하고 있을 뿐이다.

그는 신미림에게 자리에 앉을 것을 권했다.

"일단 좀 앉으시죠."

"그럼 그럴까?"

네 사람이 자리를 잡고 앉자 슬슬 술잔이 한 잔씩 돌아가기 시작했다.

잔을 가득 채운 네 사람이 술잔을 부딪쳤다.

"건배!"

한 잔 술을 모두 비워낸 그들은 본격적으로 서로에 대한 근황에 대해 물었다.

"얘기는 들었어. 자운대에 수렵 여단을 만들었다면서?"

"위에서 명령이 내려왔어요. 이제 곧 훈련을 시작할 겁니다. 스페셜리스트를 만들기 위한 훈련이 끝날 때쯤엔 대규모 몬스터 수렵 여단이 완성될 테지요."

"쉽지 않아. 잘 알잖아? 잘못하면 목숨을 잃기 십상이라는 사실 말이야."

"잘 알고 있습니다. 하지만 이제 우리가 살아남기 위해선 전문가들을 반드시 양성해야 합니다."

"으음, 그건 그렇지."

성희는 미림에게 요즘의 근황에 대해 물었다.

"그나저나 사모님께선 아직도 군에 계시나요?"

그녀는 고개를 저었다.

"아니요. 이젠 군에서 나와 철원에서 학원 강사를 하고 있어요. 수익이 꽤 쏠쏠해서 이젠 집도 마련할 정도가 되었죠."

"그럼 그 경력은……."

신미림은 복잡 미묘한 표정을 지었다.

"사람은 선택의 기로에 설 때가 종종 있어요. 남자? 혹은 직장? 둘 중의 하나를 선택해야 할 때가 있었죠. 그때의 저는 스스로에 대한 자부심이 깊었어요. 그래서 강화수 준장이 있는 수렵 사령부로 자리를 옮길까도 생각했었죠. 하지만 그런 이후의 삶에 대해 생각해 봤을 때 도무지 행복할 자신이 없었어요. 그래서 결심했지요. 지금의 남편과 백년해로하는 것이 좋겠다고 말이에요."

"아아!"

신미림은 수렵 사령부에서도 탐을 내는 인재로서 몇 차례 전시 장교 임관과 재입대를 권유받은 재원이다.

그렇지만 그녀는 자신의 화려하던 과거를 뒤로한 채 한 남자의 아내가 되어 살아가기로 했다.

"만약 지금까지 수렵을 하고 있었더라면 어땠을까 하는 생각을 가끔씩 해봐요. 하지만 그럴 때마다 지금 우리 집이 더욱 애틋해지고 사랑스러워지더군요. 피가 튀고 살이 찢어지는 그 전장에서 여성성을 버리면서까지 살아가야 한다는 건 정

말 쉽지 않은 일이에요. 공포와 절망, 그와 공존하는 희망마저
도 무서워져요. 만약 다시 전장으로 되돌아가라고 한다면 그
자리에 주저앉고 말 것 같아요."

박철환은 그녀의 손을 꼭 잡으며 말했다.

"화수 자네는 잘 몰랐을 테지만 미림이는 아주 오래전부터
공황장애를 겪어왔어."

"…공황장애? 천하무적의 그 똘녀 신미림 원사가?"

"그래. 꽤 오래전부터 죽음보다 더 깊은 공포를 가슴속에
가지고 살았어. 겉으로는 아무렇지 않은 듯 괴짜처럼 행동했
지만 어느 순간부터는 그 공포가 스스로를 집어삼키기 시작
한 거야."

그녀에게서 스파르타식 교육을 받은 화수는 그런 사실을
까마득히 모르고 있었다.

"으음, 너무 의외라서 뭐라 할 말이 없군."

"나도 놀랐어. 설마하니 이렇게 대단한 여자가 공황장애라
는 것을 앓고 있을 줄은 몰랐지."

신미림은 여전히 잔잔한 미소를 짓고 있었다.

"전장은 사람을 병들게 만들어. 그게 겉모습이든 내면이든
간에 반드시 병이 들어 죽어가게 만들어 버리지."

"…그래, 맞는 말이야."

화수는 자신은 물론이고 최성수에 대한 생각이 머릿속을

스쳤다.

"전장은 사람을 병들게 한다. 너무 공감되는 얘기야."

"뭐, 그렇다고 그것이 사람을 아주 맹목적으로 파괴만 하는 것은 아니야. 지금의 나처럼 적응하고 살아간다면 충분히 앞으로 나아갈 수 있어."

성희는 조용히 모두의 잔을 채운 후 말했다.

"우리의 아름다운 미래를 위하여."

"위하여!"

분위기가 조금 무거워지긴 했지만 여전히 반가운 마음은 가시지 않았다.

*   *   *

그날 밤, 성희가 화수와 함께 침대에 누워 있다.

한차례 뜨거운 사랑을 나눈 두 사람은 서로 몸을 밀착시킨 채 숨을 나누고 있는 중이다.

그녀는 화수의 머리카락을 쓸어내리며 물었다.

"미림 씨가 공황장애였다는 것이 아직도 마음에 걸려요?"

"…아니, 그런 것은 아닙니다."

아까부터 심란한 표정을 짓고 있는 화수에게 그녀가 또다시 물었다.

"그럼 이 길로 들어선 것을 후회해요?"

"아니요."

화수는 그녀에게 자신의 솔직한 속내를 드러냈다.

"언제까지고 내가 이 일을 계속할 수 있을지 의문이 듭니다. 신체적으론 전혀 문제가 될 것이 없지만 정신적으로는 이미 많이 지쳐 있거든요."

"많이 힘들었나요?"

그는 자신의 과거를 되돌아보았다.

"전장이 주는 극심한 스트레스와 공포감은 여전히 나를 옭아매요. 하지만 그럴수록 이를 악물게 되죠. 어쩌면 이 길은 내가 저지른 죄로 인해 비롯된 것이라고 생각하면서 말이죠."

그녀는 고개를 가로저었다.

"그렇게 자책하지 말아요. 그럴수록 당신만 힘들어지니까."

"…나도 부디 그러고 싶네요."

가만히 화수를 바라보던 그녀가 물었다.

"혹시 은퇴를 생각하는 건가요?"

"은퇴요?"

"지금의 화수 씨라면 충분히 그런 생각을 할 수도 있을 것 같아서요."

그는 아련한 표정으로 말했다.

"언젠가는 정말 은퇴라는 것을 해보고 싶은 마음은 있어요. 언제까지고 이렇게 치열하게 살 수만은 없으니까요."

"그럼 그 은퇴에 나도 끼어 있나요?"

화수는 그녀를 꼭 끌어안았다.

"당신이 평생 나를 따라줄 수만 있다면 그러고 싶네요."

그녀는 고개를 들어 화수의 눈동자를 바라보았다.

"당신이 가는 곳이라면 그 어느 곳이라도 따라가겠어요."

"…진심입니까?"

"물론이죠."

성희는 화수와의 만남이 그리 길지 않지만 결혼에 대해 충분히 생각을 해왔다.

불과 1년, 이제 햇수로 2년이 되는 두 사람이지만 그들은 서로에 대한 애정과 신뢰가 충분했다.

만약 좋은 시기가 다가온다면 충분히 결혼이라는 것으로 서로를 묶을 수도 있으리라 생각한 것이다.

화수는 손을 뻗어 그녀의 얼굴을 매만졌다.

"이 얼굴을 닮은 예쁜 딸과 늠름한 아들이 있는 삶이라면 은퇴해서 작은 섬에서 아무것도 모르는 어부로 살아도 좋습니다."

"좋네요. 어부라……."

그녀는 불현듯 자리에서 벌떡 일어섰다.

"화수 씨, 우리 탐험을 떠나요!"

"탐험이요?"

"이제부터 시간이 날 때마다 산과 바다가 있는 섬을 찾아다니는 거예요."

"우리가 앞으로 살 곳 말입니까?"

"그래요."

화수는 덩달아 신이 나는지 그녀를 따라 일어섰다.

"나는 섬에 목장을 지어놓고 아침이면 목장 청소를 하고 일찌감치 배를 타고 나가 통발이나 치면서 살고 싶어요."

"그럼 나는 당신이 일을 하러 나간 동안 집에서 아이들을 돌보면서 살림을 할게요."

"좋군요!"

"조그만 텃밭도 가꾸고 수족관에 그날 잡아온 고기를 넣어놓고 감상도 하고요."

"그러자면 배도 필요하고 트랙터, 경운기 같은 것들도 필요하겠군요."

"그렇겠지요?"

어느새 두 사람은 서로 함께하는 미래를 아주 자세하게 그려 나가고 있었다.

화수는 두 팔을 벌려 성희를 안았다.

"고마워요."

"뭐가요?"

"그냥 모든 것이 다."

"싱겁긴."

이제 두 사람은 잠자리에 들었다가 내일 아침 일찍 서해 남부로 내려가 볼 생각이다.

그곳에서부터 탐색을 시작하여 전국 팔도를 돌아다니고, 그것으로 부족하다면 일본이나 유럽도 생각해 볼 수 있을 것이다.

두 사람은 서로의 생각을 계속해서 주고받으면서 잠에 빠져들었다.

*　　　*　　　*

다음 날, 다시 짐을 챙긴 화수는 박철환 부부의 배웅을 받았다.

부부는 화수가 섬으로 들어간다는 소리에 무전기를 선물로 주었다.

"개인용 무전기야. 군용으로 제작된 것은 아니지만 생활 방수부터 광대역 송출까지 안 되는 것이 없지."

"고마워."

"별말씀을."

박철환은 자신도 이제 곧 은퇴할 것임을 시사하였다.

"자네가 군에서 버려진 이후 다시 복귀하면서 많은 것이 변했어. 이젠 나 정도 근속한 사람이 은퇴해도 그간의 공적이나 훈장 등을 통하여 연금 심사가 들어간대. 알아보니 한 달에 250만 원쯤 되는 연금이 나올 것 같더군. 그 정도면 우리 부부가 작은 가게나 하면서 살아도 충분하겠더라고."

"나보다 두 사람이 먼저 은퇴하는군."

"이젠 우리도 행복하게 살아보고 싶어서 말이야."

"행복이라……."

신미림은 화수에게 자신의 훈장을 건넸다.

"받아. 내가 주는 선물이야."

"이런 물건을 나에게 주어도 괜찮아?"

"어차피 나는 과거에 연연하지 않기로 했어. 그러니 뭘 주어도 아깝지 않지. 어차피 훈장에 대한 기록은 군에 남아 있으니까 연금은 계속 나와. 그러니까 네가 가지고 가주는 것이 오히려 편하겠어."

"…고맙다고 해야 하나?"

"영광으로 알아. 사수의 훈장을 가진 부사수가 몇이나 되겠어? 안 그래?"

"후후, 그건 그렇군."

신미림은 화수와 성희에게 진심 어린 충고를 건넸다.

"떠나서 행복할 수 있다면 떠나는 것이 맞아. 이 세상의 그 어떤 것보다도 본인 스스로의 행복이 중요하니까."

"조언 고맙군."

"만약 야차 여단의 창립 이후에 수렵이 어느 정도 자리를 잡게 된다면 군에서 나와 용병으로 살아가도 괜찮잖아? 그런 쪽으로 한번 생각해 보고."

"그래, 알겠어."

그녀는 성희에게 악수를 건넸다.

"우리 코찔찔이 좀 잘 부탁해요."

"걱정하지 마세요. 지극정성으로 돌볼 테니까요."

"후후, 이제 좀 안심이 되네요."

화수와 성희는 이제 정말로 두 사람에게 작별을 고했다.

"나중에 기회가 된다면 다시 만나요."

"그래요. 우리 역시 행복해져서 다시 돌아올게요. 그때까지 건강하세요."

"고마워요. 잘 가요."

네 사람은 짧지만 충분히 행복했던 기억을 뒤로한 채 돌아섰다.

제7장

수렵 여단의
출발

이른 아침, 자운대 야차 여단으로 500명의 교육생이 당도하였다.

제1차 수렵 여단 교육생 입단식을 치르게 된 화수는 여단 중앙 본부 옥상에서 교육생들을 내려다보고 있었다.

그는 이혜영과 민소율에게 후보생들의 특이 사항에 대해 전해 듣고 있는 중이다.

이혜영은 자신이 추려낸 특기생들에 대한 정보를 나열하여 그대로 전달하였다.

"전우희, 나이 21세. 현 특수전사령부 소속 저격 부대에 배속되어 있다가 입단을 희망하여 교육단에 입단하였습니다."

"저격 부대?"

"특전사 저격 부대에서도 네임드가 대단했다고 합니다."

"김태하 소령의 생각은 어떠하다던가?"

"데이터는 나쁘지 않답니다. 새롭게 구성되는 제2군 야차 중대의 저격수로 기용하는 것도 나쁘지는 않다고 생각합니다."

"김태하 소령이 그렇게까지 말한다면 한번쯤 기대를 해보는 것도 괜찮겠군."

"하지만 워낙 앞뒤가 꽉 막힌 사람이라 대화가 잘 안 통한답니다."

"정치색이 짙나?"

"그런 것은 아닙니다만, 자신이 옳다고 생각하는 것은 죽어도 옳은 성격입니다."

"대쪽 같은 군인이로군."

"예, 그렇습니다."

야차 중대는 대쪽 같은 성격이 분명 필요하긴 했지만 팀 내 위화감을 조성하는 행동은 곤란했다.

화수는 그녀의 데이터에 빨간 줄 하나를 그었다.

"지켜보도록 하지."

"예, 알겠습니다."

지금 세 사람이 교육생들의 데이터를 간추리고 있는 이유는 바로 제2군 야차 중대를 구성하기 위함이다.

앞으로 수렵 여단이 꾸려지게 되더라도 당장 단독 작전을 수행할 수 있는 인원은 그리 많지 않을 것이다.

그래서 교육생 중 최상위 1%를 추려서 제2군 야차 중대를 조직하고 그 뒤로 3군이나 4군과 같은 후속 부대를 계속 신설하게 될 것이다.

굳이 이렇게 엘리트 집단을 만드는 것은 차별을 두는 것이 아니라 전장에서의 생존율을 높이기 위한 고육지책이다.

재능의 차이를 인정하지 않고 무작정 팀으로 엮어서 아무렇게나 전장에 내보내면 틀림없이 사상자가 발생하고 말 것이다.

때문에 화수는 제2 야차 중대나 제3, 제4 야차 중대와 같은 부대를 운용하여 차등적으로 교육하고 실전 배치를 지시할 생각이다.

만약 이렇게 팀이 굳어지게 된다면 각자가 맡는 보직이 생겨날 것이고, 부대는 점점 윤곽을 갖추어 나가게 되는 것이다.

화수는 나머지 인사 카드를 천천히 훑어보곤 그것을 서류 가방에 잘 갈무리하였다.

"아무튼 제2 야차 중대의 선발은 조금 더 지켜보기로 하자고."

"예, 알겠습니다."

이제 그는 훈시를 준비하기 위해 집무실로 향했다.

*　　　*　　　*

이른 아침부터 시작된 입교식이 거의 마무리되어 갈 즈음, 화수가 단상 위에 올랐다.

"부대, 차렷!"

촤라라락!

500명의 교육생이 부동자세를 취하자 교육생 대표가 경례를 올렸다.

"충성!"

"충성. 편히 쉬어."

교육생 대표는 뒤돌아서 복명복창을 실시했다.

"열중 쉬어! 편히 쉬어!"

화수는 자신의 앞에 선 교육생들에게 짧게 훈시하면서 부대의 목표에 대해 설명하였다.

"우리는 국토를 수호하고 침입자들을 응징하기 위해 움직인다. 그 어떤 경우에도 명령에 복종하며 목숨을 내놓아야 할 경우가 생긴다면 당연히 목숨을 내어놓을 준비가 되어 있어야 한다. 살신성인이야말로 우리 야차 여단이 생겨나게 된 원동력이라 볼 수 있다."

그는 그동안 죽어나간 수렵 부대원들의 넋을 기리는 일은 수렵뿐이라고 역설했다.

"우리의 생존이 걸린 일이다. 또한 우리 선배들의 뜻을 계승하여 나라를 구하는 일이다. 교육에 성실히 임할 수 있도록 하라. 그것이 곧 국토 수호의 뜻을 기리는 일이며 생존을 위한 길이다. 알겠나?"

"예!"

"우리는 정예 수렵 부대 육성을 위해 끝도 없이 노력할 것이다. 그 말은 곧 자네들이 죽기 직전까지 훈련해야 한다는 소리와 같다. 죽지 않을 자신이 있나?"

"예!"

"만약 겁이 난다면 지금 손들고 나서라. 말리지 않는다."

"아닙니다!"

"좋아, 그럼 지금 당장 각자의 내무실로 돌아가 짐을 풀고 정확히 한 시간 후에 다시 집합한다. 오늘부터 당장 훈련 시작이다."

"예!"

화수는 첫날부터 훈련생들을 혹독하게 몰아붙일 생각이다.

훈시가 끝난 후, 정확히 한 시간이 지났다.

교육생들은 훈련병이나 부사관 후보생들과는 달리 각이 딱 잡힌 자세로 모여들었다.

척!

"충성!"

화수는 한 시간 동안 그 자리에서 기다리면서 어떤 누가 굼뜨고 빠릿빠릿한지 파악하였다.

하지만 역시나 각오가 남달라서 그런지 거의 엇비슷한 시간에 모여들어 각을 잡고 섰다.

그는 군기가 바짝 든 모습이 마음에 들었다.

"훈련을 받을 준비가 되어 있군그래, 정병이라면 이래야지."

"감사합니다!"

"좋아, 그럼 그 군기만큼이나 실력도 뛰어난지 한번 보자. 다들 잘 알겠지만 우리 야차 여단은 실력이 부족하면 아무리 의지가 군건해도 바로 퇴출이다. 실력도 없고 재능도 없는 사람이 길을 막고 서 있다면 부대의 발전은 기대할 수 없을 것이다. 그리고 쓸데없는 객기는 스스로의 생명을 위험에 빠뜨리는 일임은 물론이요, 동료들을 죽음으로 몰아넣는 지름길이다. 그러니 자신이 평가에서 밀려난다고 해서 불만을 품거나 괴로워할 필요는 없다. 그건 애초에 자신과 우리 야차 여단이 맞지 않기 때문인 것이다. 알겠나?"

"예!"

화수는 각 병과의 교관들을 불러냈다.

"최지하 중령, 김예린 중령 등은 지금부터 교육을 시작할 수 있도록."

"예, 알겠습니다."

그는 자신의 전문 분야인 수호병과에 대한 지도를 시작하기로 했다.

"수호자 포지션에 지원한 인원이 있으면 거수."

척!

화수는 절도 있게 손을 든 교육생들에게 푸른색 방패가 그려진 부대 마크를 건넸다.

"앞으로 자네들은 수호 중대에 속하게 될 걸세. 이곳에서 정식 배치를 받아도 무방하다는 판정을 받으면 곧장 자대 배치다. 알겠나?"

"예!"

"다만 우리 수호자들은 워낙 위험한 포지션이기 때문에 훈련 자체가 상당히 까다롭다. 더군다나 여타 다른 병과보다 무려 1/5이 적고 많은 병과와는 열 배 차이가 나기도 한다. 그만큼 위험하고 힘든 병과이지만 그만한 성취감을 느낄 수 있을 것이다."

이제 화수는 그들을 데리고 교육장으로 향했다.

                        *   *   *

　야차 여단에는 수많은 교육 장비가 있지만 특히나 방패병과, 즉 수호자들의 교육 장비는 퀄리티가 높은 편이었다.

　부대의 생존율을 높이고 작전 성공의 실마리가 되는 수호자들이기에 보다 더 정밀한 기계를 가지고 교육해야 할 필요성을 느낀 것이다.

　화수는 교육생들에게 훈련용 방패를 보급하고 K—40A1을 지급하였다.

　"자네들이 보급받은 방패와 무기는 본 교육관 역시 전장에서 사용하고 있다. 알다시피 현재의 핸드 샷건은 수많은 시행착오를 통하여 개발된 물건이다. 방패 역시 마찬가지, 모든 것이 시행착오로 비롯된 완성이다. 자네들도 마찬가지다. 첫 훈련생이니만큼 시행착오가 많을 것이라 생각한다. 하지만 우리는 될 때까지 훈련한다."

　"예!"

　화수는 다른 병과가 기본 교육부터 시작할 때, 체력 단련을 먼저 실시하였다.

　그는 대형 트랙터의 타이어를 1인당 하나씩 지급하였다.

　"이것을 굴려서 100미터를 왕복한다. 그 이후에 타이어를 해머로 150회 치고 턱걸이를 실시한다. 이것이 기본 체력 훈련

첫 세트이다. 이것을 7세트 실시한 후엔 완전군장 구보 3㎞를 실시한다. 그런 후에 본격적인 훈련에 돌입할 것이니 긴장들 하는 것이 좋아."

화수는 자신이 사수들에게 받은 지독한 훈련과 스스로가 살아남기 위해 쌓은 단련의 노하우를 훈련에 그대로 녹여낼 생각이다.

그 어떤 병과도 마찬가지이지만 특히나 방패를 들고 적의 공격을 막아내며 수색을 지휘하는 수호자들은 그 누구보다 뛰어난 체력과 근력이 필요했다.

더군다나 극한의 상황에서 올바른 판단을 내릴 수 있는 것은 오로지 굳건한 체력뿐이었다.

체력이 저하되어 수호자의 판단력이 흐려진다면 부대는 그대로 궤멸할 것이다.

훈련생들은 화수가 나누어 준 타이어를 굴리기도 전에 난감한 표정을 지었다.

대형 트랙터의 바퀴는 한 번 굴리는 것만으로도 진이 쭉 빠질 정도로 힘들기 때문이다.

과연 이런 것을 어떻게 100미터를 굴릴까 싶었으나, 화수는 자신이 해봐서 할 수 있는 것들만 훈련에 넣었다.

노력은 하고 있지만 낑낑거리는 훈련생이 보인다면 그는 가차 없이 채찍을 휘둘렀다.

"기본 체력에서부터 문제가 된다면 곧장 퇴소다. 체력은 기본 중의 기본이다. 만약 체력이 안 된다면 부대에 남아 있을 필요가 없다."

"끄응!"

"퇴소하고 싶다면 편히 쉬어도 좋다. 쉬고 싶나?"

"아닙니다!"

"쉬고 싶으면 말하라. 말리지 않겠다."

"쉬고 싶지 않습니다!"

"그럼 굴려라. 굴리지 못하면 전원 퇴소 조치다."

그제야 교육생들은 입술을 짓깨물면서 타이어를 굴리기 시작했다.

쿵, 쿵, 쿵!

마치 몬스터의 발자국 소리가 울려 퍼지는 듯 다소 느리게 바퀴들이 굴러갔다.

화수는 그 뒤를 쫓아다니면서 소리쳤다.

"굴려! 지금보다 빨리 굴리지 못하면 퇴소보다 더한 고통을 겪게 될 것이다!"

"으으으윽!"

거의 고문을 당하는 수준으로 바퀴를 굴린 교육생들은 간신히 결승점을 통과하였다.

쿠웅!

"허억, 허억!"

얼굴이 하얗게 질린 교육생들을 바라보며 화수가 소리쳤다.

"쉬는 사람이 보이는군! 쉬는 사람들은 모두 퇴소하고 싶다는 뜻으로 알고 조치하겠다!"

"아닙니다!"

죽을 것 같은 시간이 반복되고 있었으나, 교육생들은 그것을 꾸역꾸역 참아내는 중이다.

화수는 그런 그들의 뒤를 바짝 따라다니며 더더욱 닦달했다.

"해머로 타이어를 힘껏 내려치란 말이다! 오늘 타이어를 검사해서 철심이 튀어나와 있지 않다면 저녁 식사는 없다. 알겠나?"

"예!"

백이면 백 모두 혀를 내두른 화수의 지옥 트레이닝이 다시 빛을 발하기 시작했다.

*   *   *

그날 오후, 화수는 기본적인 전술 운용에 대해 교육하였다.

자신이 방패를 다루면서 생긴 애로 사항이나 노하우에 대한 것이 전부 쏟아져 나왔다.

그는 산비탈 협곡에 준비되어 있는 전술 교장에서 직접 더미들에 대항하면서 설명하였다.

방패를 손으로 꽉 쥔 화수는 어깨로 방패를 앞으로 밀며 말했다.

"우리는 적의 주위를 끌고 혼자서 모든 공격을 받아내야 하기 때문에 시야 확보가 중요하다. 때문에 시선은 항상 전방, 혹은 양쪽 사각지대를 모두 살펴야 한다. 그와 동시에 적을 타격하면서 공격의 물꼬를 트는 것이다."

화수는 중형 몬스터의 크기를 고스란히 재현한 더미들의 공격을 방패로 받아내다가 샷건으로 사격하며 적들을 앞으로 밀어냈다.

퍼엉!

순간, 그는 곧바로 샷건에 대검을 장착시켜 다시 한 번 밀려드는 적들을 검으로 해치워 나갔다.

서걱, 서걱!

비록 길이가 비교적 짧은 대검이지만 적들과의 백병전에선 가장 효율성이 높다.

화수는 한 번 공격, 한 번 전진을 시전하면서 적들을 천천히 밀어냈다.

—제1번 지역을 점령했습니다!

교장은 총 55개의 지역으로 이뤄져 있는데, 각 지역마다 몬스터의 특성이 다르게 나타난다.

화수는 첫 번째 지역에서 무리 생활을 하는 몬스터를 구현해 냈고, 그다음 지역은 비행형 몬스터가 재현되어 있었다.

그는 공중에서 적이 도래하였을 경우의 대처법에 대해 설명하였다.

화수는 방패를 들고 가상의 저격수가 서 있는 곳 바로 앞으로 물러섰다.

"방패를 45도로 들어 방어하면서 저격수를 최우선으로 보호한다. 그러면서 비행체가 접근하면 사격하면서 소총수들을 엄호해야 한다."

그는 직접 비행물체들을 샷건으로 쳐내면서 안정적인 포지션을 잡아나갔다.

마치 유기체처럼 움직이는 화수의 진영을 바라보며 교육생들은 자신도 모르게 탄성을 자아냈다.

"…대단하다!"

"지금껏 공부한 것들이 이곳에서 나온 것이었구나!"

지금 군에서 사용하는 교범들이 모두 화수를 모티브로 하였고, 실제로 그가 사용하는 전술을 짜깁기한 것이다.

더러는 화수 본인이 검수하기도 했기 때문에 이보다 더 정확한 교육은 있을 수가 없었다.

이윽고 화수는 방패를 접었다.

"자, 이것으로 시범 교육을 마치도록 하겠다. 지금부터는 각자 한 구역씩 나누어 경험하면서 교육한다. 10분에 한 번씩 교육장을 옆으로 한 칸씩 밀어낼 테니 저녁을 먹을 때까지 같은 방법으로 훈련할 수 있도록."

"예!"

한차례 교육을 끝낸 화수는 산비탈 아래로 내려와 교육생들의 교육 현황을 두 눈으로 직접 지켜보았다.

그런 그에게로 제이나가 다가왔다.

"교육은 할 만해?"

"그냥 그렇지, 뭐."

"이렇게 한번 체계를 잡아놓으면 앞으로는 상당히 편해질 거야."

"후후, 부디 그러길 바라야지."

그녀는 화수에게 상부의 명령서를 전달하였다.

"이곳에 임시 교관을 상비해 두고 작전에 투입하라는 것 같아."

"작전 구역은?"

"거제도야."

화수는 고개를 끄덕였다.

"알겠어. 작전 시간에 맞춰서 준비하도록 하지."

"그래, 알았어."

그녀는 명령서를 받은 화수에게 조심스럽게 물었다.

"…저기, 자기야."

"응?"

"혹시 요즘 연애하고 있다는 그 여자 말이야."

화수가 고개를 갸웃거렸다.

"성희 씨 말이야?"

"응, 그 여자. 깊이 만나는 사이야?"

"그렇지. 깊이 만나는 사이가 되었어."

그녀는 진지한 얼굴로 물었다.

"진지한 사이야?"

"그 어떤 누구보다 진지하지."

"…그렇구나."

화수는 지금까지 그녀가 이런 소리를 한 적이 한 번도 없어서 조금 당황하였다.

"그나저나 그 얘기는 왜……."

"아니야. 자기가 그 여자를 어떻게 생각하는지 궁금해서 말이야."

아마도 그녀는 화수가 성희와 함께한다면 자신은 어떻게 해야 할지 거취를 정하려는 것 같았다.

화수는 그녀의 어깨에 손을 올리며 말했다.

"우리 모두 행복해지자. 내가 바라는 것은 그거 하나야."

"그렇다면 나는 자기의 바람대로 살아가긴 힘들 것 같다."

"…뭐?"

"아무튼 나도 자기를 따라 행복할 수 있도록 노력해 볼게. 하지만 너무 기대는 하지 마."

그녀는 이 말을 끝으로 돌아섰지만, 화수는 그 말이 전해 주는 여운이 남아 씁쓸하게 웃었다.

"그렇구나."

어쩐지 그녀의 뒷모습에서 공허함이 느껴지는 것 같았다.

*　　　　　*　　　　　*

훈련 개시 보름째, 야차 여단 내부로 장교들이 속속들이 배치되고 예하 부사관과 사병들이 충원되어 들어왔다.

사병들은 주로 전산 업무나 차량 정비, 기기 정비, 취사, 막사 관리 등 지원 업무에 편중되어 있고 여단 경계나 헌병에도 배치되었다.

이제 여단장 화수를 필두로 두 명의 수렵 연대장과 여섯 명의 대대장이 구성되고 예하 수송대, 의무대, 통신대대, 화학대 등이 배속되었다.

부여단장은 김예린이 맡고 제1 수렵 연대장은 최지하 중령,

제2 수렵 연대장은 황문식 중령이 교관과 연대장을 겸임하기로 했다.

이 세 사람은 이제 곧 대령 진급을 목전에 두고 있었는데, 그동안의 공적이 표창과 훈장으로 되돌아왔기 때문이다.

이제 세 명의 장교는 중령이 아니라 대령 진의 계급을 들고 있었다.

그 예하로 김태하 소령, 김재성 소령 등도 이제 중령 진으로 진급하여 대대장을 역임하게 될 것이다.

이른 아침, 화수가 자가용 스포츠카를 타고 출근하였다.

부아아앙!

화수가 도착하자마자 그 부관과 전령들이 마중을 나왔다.

"충성!"

"일찍 나왔군."

부관과 전령들이 화수를 마중하러 나온 것은 아침부터 보고할 것이 산더미같이 많았기 때문이다.

화수의 부관이자 교육단의 통신교육 담당관 강하나 소령 진이 그에게 보고서를 올렸다.

"여단장님, 계룡대에서 전문이 왔습니다. 자운화학의 전문 경영인 선임에 대한 안건입니다만, 적당한 인물이 있으면 추천하라는 것 같습니다."

"흠, 적당한 인물이라……."

지금 화수의 휘하에 있는 조직원은 저마다 C&C그룹과 고려금융지주그룹에서 중역을 담당하고 있기 때문에 인원을 빼기가 상당히 어려웠다.

이제까지 자운화학의 경영은 화수가 담당을 해왔지만 현실적으로 C&C그룹의 회장직과 사장직을 겸하는 것이 쉽지는 않은 일이다.

더군다나 여단까지 관리하자면 전문 경영인의 지정은 필수불가결한 문제였다.

그러나 일본계 야쿠자 출신 간부들까지 죄다 중역에 있기 때문에 인원 차출이 쉽지는 않을 것이다.

그는 강하나에게 추천을 받기로 했다.

"자네가 볼 때 누구를 자운화학의 사장으로 삼으면 좋겠나?"

"아무래도 자운화학은 그룹의 중심이 되는 기업이기 때문에 구면이 낫지 않나 싶습니다."

"구면?"

"업무가 조금 과중하긴 하지만 임희성 부회장이 어떤가 싶습니다."

이미 부회장으로서 그룹의 전반적인 업무를 총괄하고 있는 임희성은 쉬는 날이 하루도 없이 매일 죽을 똥을 싸고 있다.

화수는 고개를 저었다.

"안 돼. 아무리 임희성이라고 해도 그건 불가능할 거야. 그 놈도 결국 사람이거든."

"그럼 차라리 금융지주의 업무를 분산시키고 그를 부회장 겸 자운화학 사장으로 앉히는 것은 어떨까요?"

"전문 경영인을 조금 더 채용하자는 소리인가?"

"예, 그렇습니다."

그는 강하나의 조언에 고개를 끄덕였다.

"좋아, 그렇다면 이쪽 일에 대한 경험이 많고 뒤가 깨끗한 사람으로 섭외하자고."

"예, 알겠습니다. 그룹에 지시해 두겠습니다."

화수는 이제 제법 의젓한 티가 나는 강하나를 바라보며 슬 며시 웃었다.

"자네도 많이 성장했군. 정말 예전의 그 모습은 찾아볼 수 가 없네."

"그, 그렇습니까? 하지만 저는 아직 멀었습니다."

여전히 당황하면 말을 더듬긴 하지만 그래도 초임 시절에 비하면 장족의 발전을 이루었다고 볼 수 있다.

자리가 사람을 만든다는 소리가 괜히 나온 것은 아닌 모양 이다.

화수는 강하나와 전령들을 데리고 식당으로 향했다.

"밥이나 먹고 시작하지. 아침은 준비되었나?"

"예, 그렇습니다."

"여단 취사장의 실력 좀 볼까?"

그는 여단 지하에 위치한 취사장으로 향했다.

*　　　*　　　*

여단 취사장에는 사설 영양사와 조리사들이 비치되어 있는데, 영양사는 고등학교와 대기업에서 근무한 경력이 있는 베테랑이고 조리사들 역시 그랬다.

조리사들의 경우엔 나이가 40~50대의 중년 여성들이지만 그만큼 손맛이 좋고 대량 조리에 대한 경험도 풍부했다.

취사장의 병사들은 식자재를 관리하고 취사장의 청결 관리와 식기 세척 등의 보조 업무를 담당하게 된다.

이른 아침부터 취사장을 찾은 화수에게 부하들의 경례가 이어졌다.

"충성! 좋은 아침입니다!"

"그래, 좋은 아침일세."

원래 간부 식당과 병사 식당은 나누어져서 운용되지만 야차 여단의 경우엔 그런 경계가 존재하지 않았다.

식사 역시 최고의 수준으로 조리되어 뷔페식으로 나누어지기 때문에 먹을 것으로 고통받는 경우는 단 한 번도 없었다.

이것은 모두 화수가 야차 여단의 운영비를 복리 후생에 많이 투자하기 때문에 가능한 일이었다.

화수가 식판을 잡고 줄을 서자, 주변에 있던 부사관들이 다가와 말을 걸었다.

"여단장님, 저희들은 언제쯤 첫 출격을 할 수 있습니까?"

"실무가 궁금한가?"

"예, 그렇습니다. 어서 실전 경험을 쌓고 싶습니다."

"그래?"

그는 강하나를 바라보며 물었다.

"어때? 출격하고 싶다는데."

화수의 곁에 선 강하나가 실소를 흘렸다.

"결코 좋은 기억이 되지는 않을 텐데?"

강하나는 화수 대신 그들에게 조언을 건넸다.

"여단장님이야 워낙 베테랑이라서 어떤 임무에 투입되어도 상관이 없지만, 자네들의 경우는 달라. 잘못하면 죽는다고. 지금은 제1 야차 중대가 일일이 잔무에 투입할 수 없기 때문에 최대한 신중하려는 거야. 여단에서도 자네들을 기용하기 위해서 일정을 잡고 있어. 아마 3개월 내로 첫 출격에 배정되는 사람들이 생기겠지."

"아아, 그렇습니까?"

"아무튼 훈련에 매진하다 보면 좋은 결과가 생길 거야. 출격 이후엔 주머니도 두둑해질 거고."

현재 야차 여단의 수렵 체계 중에서 단연 돋보이는 것은 수익의 배분이다.

수렵을 떠난 일원이 해당 작전에서 창출된 이익을 똑같이 배분하게 되는데, 일부는 세금이나 판매 수수료 등으로 나가고 나머지는 본인에게 고스란히 돌아온다.

때문에 야차 여단에 소속된 군인들이 작전에 많이 투입되면 될수록 돈을 벌어들이는 속도도 빨라지게 되는 것이다.

이 모든 것을 총괄하는 기관이 바로 C&C그룹이고, 부산물의 판매를 담당하는 원청회사는 자운화학이다.

최근 대한민국을 비롯한 전 세계의 모든 국가에 몬스터 출몰 빈도가 점점 높아지고 있기 때문에 이들의 활약은 반드시 필요한 사안이 되었다.

아마 3개월의 훈련을 마치기도 전에 조기 투입이 결정될 수도 있을 것이다.

화수는 자신의 기호에 맞는 음식들을 적당히 덜어 취사장 구석에 자리를 잡았다.

그런 그에게 부하들이 외쳤다.

"식사 맛있게 하십시오!"

"그래, 맛있게 먹게."

첫 출격에 어떤 표정을 짓든 간에 지금 야차 여단의 군기와

사기는 하늘을 찌르고 있었다.

*　　　*　　　*

늦은 밤, 야차 여단 작전 본부로 전화가 걸려왔다.

따르르르릉!

여단의 당직사령으로 지정된 제2 수렵 연대 부연대장 최진수 소령이 전화를 받았다.

"충성, 야차 여단 당직사령 최진수입니다. 무엇을 도와드릴까요?"

친절하게 전화를 받은 그에게 얇고 허스키한 목소리의 남자가 말했다.

―야차 여단인가?

"예, 그렇습니다."

―이곳은 계룡대 당직실이다. 나는 당직 총사령 이태환 준장이고.

순간, 최진수가 화들짝 놀라며 자리에서 벌떡 일어섰다.

"충성! 근무 중 이상 없습니다!"

―그래, 수고가 많군.

이태환 준장은 부대 내부의 사정에 대해 물었다.

―야차 여단이 새로 개편되면서 조금 어수선할 것으로 안

다. 부대의 내부 사정은 괜찮나?

"예, 그렇습니다. 아직까지 별다른 이상은 없습니다."

―으음, 그렇군.

한차례 인사말을 건넨 이태환 준장은 화수의 부관 강하나의 핫라인 연결을 지시하였다.

―내가 연락한 것은 다름이 아니고 강화수 준장과의 독대를 청하기 위함이다.

"여단장님 말씀이십니까?"

―그래, 야차 여단장 말일세. 지금 그의 부관에게 연락을 취해서 독대가 필요하다고 말하게.

본래 부대에는 장성들에게 통하는 핫라인이 연결되어 있지만, 이렇게 비밀스러운 독대를 청하는 것은 뭔가 사태가 심각하거나 고도의 보안을 요하는 일이 대부분이다.

이태환 준장의 전화를 받은 최진수 소령은 강하나 소령 진에게 연락을 취해보기로 했다.

"지금 당장 부관에게 연락을 취하겠습니다. 연락은 계룡대로 드리면 되겠습니까?"

―계룡대 당직 총사령 집무실로 곧바로 연결하게.

"예, 알겠습니다."

전화를 끊은 최진수는 강하나에게 연락을 취했다.

        *   *   *

깊은 밤, 화수가 이불 속에 쏙 들어가 성희와 함께 영화 관람을 즐기고 있다.

그의 방에는 프로젝터와 4채널 스피커가 설치되어 있기 때문에 한밤중에 사랑을 나누다가도 영화를 볼 수 있었다.

두 사람은 격정적인 정사 이후, 간단한 주류와 함께 영화를 시청하고 있었다.

오늘의 영화는 동물들이 주인공인 애니메이션 '쥬트로폴리스'다.

실오라기 하나 걸치지 않은 두 사람이 영화를 관람하고 있을 때 화수의 핸드폰이 울린다.

지이이잉.

화수가 영화에 집중하느라 진동을 느끼지 못하자 성희가 전화를 받았다.

"여보세요?"

―추, 충성!

성희가 전화를 받아서 그런지 상대방이 적잖이 당황한 것 같다.

"어디신가요?"

―강하나 소령 진입니다! 장군님 곁에 계신지요?

"아아, 강하나 소령 진이시군요. 장군님은 지금 영화를 관람하고 계시네요."

―그, 그렇군요.

그녀는 화수에게 전화를 건네기 전에 강하나의 안부에 대해 물었다.

"잘 지내시죠? 저번 회식 때 보곤 못 봤잖아요."

―저는 잘 지냅니다! 사모님께선 어떠신지요?

"어머나, 아직 사모님은 아닌데……."

―제이나 대령님의 말에 따르자면 그게 그거라고 하더군요.

"오호호, 그래요?"

그녀는 사모님이라는 호칭이 그리 나쁘지는 않은 모양이다.

이윽고 성희가 화수에게로 수화기를 넘겼다.

"잠시만 기다리세요. 장군님을 바꿔드릴게요."

―네, 감사합니다. 다음 회식 때 뵐 수 있었으면 좋겠습니다.

"꼭 그럴게요."

측근들과 친해지는 것도 지휘관 배우자의 미덕이라면 미덕이니 그녀는 최대한 부대원들과 살갑게 지내려 노력했다.

화수는 그런 그녀의 노력이 가상하여 머리를 쓰다듬어 주었다.

말없이 그의 품에 안긴 성희를 바라보며 화수가 전화를 받왔다.

"그래, 나다."

─충성! 밤늦게 죄송합니다!

"아니다. 우리 일에 그런 것이 어디 있겠나?"

─다름이 아니고 계룡대에서 연락이 왔습니다.

"계룡대?"

─제가 통화를 해보니 계룡대 참모부 이태환 준장이 독대를 청하는 것 같았습니다.

"이태환 준장이라⋯⋯."

이태환 준장은 원래 기무 사령부에서 근무하던 사람으로, 최근에는 참모부에서 두각을 나타내고 있었다.

나이는 화수보다 대략 20세 이상 많지만 두뇌 회전은 타의 추종을 불허한다.

"이태환 준장이 어떤 방식으로 독대를 원하던가?"

─청남대에서 보자고 합니다.

"청남대?"

─아무래도 각하께서 두 분을 모시는 것이 아닌가 싶기도 합니다. 지금 대통령 비서실에서 장군님의 스케줄에 대해서 묻기도 했습니다.

화수는 뭔가 큰 사건이 벌어질 것 같은 느낌이 들었다.

"알겠네. 지금 당장 준비하지."

—예, 알겠습니다. 언제쯤 모시러 가면 되겠습니까?

"지금 출발해도 괜찮아."

—그럼 20분 후에 뵙겠습니다.

"그러세."

자리에서 일어선 화수가 어색하게 웃었다.

"어쩌죠?"

"괜찮아요. 옷 입는 데 5분, 그 후엔 시간이 충분하잖아요?"

"으음, 그렇지요."

"15분, 자신 있죠?"

"물론이죠."

두 사람은 그 자리에서 다시 격정적인 사랑을 불태우기 시작했다.

제8장

위기의 유럽

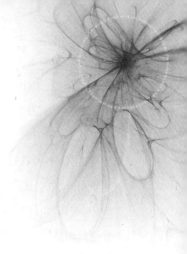

　달무리가 약간 낀 밤, 청남대로 두 대의 차가 나란히 들어섰다.

　한 대는 저소음 모드의 스포츠카이고 한 대는 군용차량이었다.

　화수는 스포츠카에서 내려 군용차량에 탑승해 있는 이태환 준장에게로 다가갔다.

　그는 이태환에게 먼저 경례를 붙였다.

　"충성!"

　"충성. 반갑습니다. 이태환 준장입니다."

"강화수 준장입니다."

"역시 듣던 대로 몸이 아주 꽉 차 보이는군요. 단단한 바위를 보는 것 같아요."

"칭찬 감사합니다. 준장님도 역시 미남이십니다."

"하하, 그런가요?"

이태환이 미남이라는 것은 화수의 립 서비스가 아니라 실제로 그의 외모가 상당히 빼어나기 때문에 나온 말이었다.

젊어서부터 모델로 활동한 그는 군인이라는 신분과 더불어 패션 모델을 겸업하는 아주 특이한 사람이었다.

186cm의 큰 키에 9등신의 완벽한 비율, 게다가 50대 중반이라는 것이 믿어지지 않을 정도로 날렵한 몸매는 그를 '꽃중년'으로 불리게 만들었다.

더군다나 완벽한 비율에 또렷하고 이국적인 이목구비를 가졌기 때문에 인터넷에선 인기가 상당히 뜨거웠다.

결코 동안이라고 보기는 힘들지만 나이에 걸맞은 중년의 깊은 멋이 말로 형언할 수 없는 아우라를 자아냈다.

이태환 준장은 대통령을 만나기 전에 먼저 자신이 독대를 청한 이유부터 설명하였다.

"아직 각하께서 도착하지 않으셨으니 오늘 모임에 대한 핵심부터 말씀드리겠습니다."

"그러시지요."

그는 서류 가방에서 일급 기밀 직인이 찍힌 보고서를 한 부 꺼내어 화수에게 내밀었다.

"내용이 그리 길지는 않습니다. 한번 읽어보시지요."

화수가 서류를 펼쳐 내용을 살펴보니 최근 유럽 북부에서 발생한 방사능 유출에 대한 안건이었다.

3년 전, 몬스터 코어 핵융합 발전 시설이 유럽에 건설되어 북부 지역에 풍부한 에너지를 공급하고 있었다.

그것은 한국 정부가 미국과 손잡고 건립한 열다섯 번째 코어 융합 원자력발전 시설이다.

몬스터 창궐 이후에 에너지 고갈로 힘들어하던 북유럽은 3년 만에 정상 궤도를 되찾고 다시 풍요로운 생활을 영유할 수 있게 되었다.

하지만 3개월 전부터 방사능 유출에 대한 의혹이 제기되다가 한 달 전에는 원자로의 가동이 중단되기까지 하였다.

보고서에는 이 모든 사태가 몬스터로 인한 것이라고 적어놓고 있었다.

"몬스터의 창궐이 어디서부터 이뤄진 것인지는 모르겠습니다만, 주민들의 목격담에 의하면 불을 뿜는 거북이와 그림자만 보이는 사람이 왔다 갔다 주변을 배회했다고 합니다."

"흠, 그렇다면 이곳이 거대한 서식지로 변했을 가능성이 높군요. 그런데 왜 이 사실을 이제 와서 밝히는 겁니까?"

"얼마 전까진 원자로의 가동이 충분히 가능하다고 판단했기 때문입니다. 하지만 지금은 몬스터들이 발전소 밖으로 튀어나와 인간을 위협하는 지경에까지 이르렀으니 피를 토하는 심정으로 발전소 문을 닫으려는 것이지요."

보고서에는 내부 조사를 떠난 인원이 모두 몰살하였고, 그나마 살아남은 인원은 현재 행방이 묘연하다고 적어놓았다.

"행방이 묘연하다……."

"마지막으로 발전소를 빠져나왔다는 무전을 받기는 했지만, 그 이후론 행적을 찾을 수 없답니다. 그래서 행방불명으로 처리된 것이지요."

"그렇다면 조사단이 몰살한 이후엔 추가 조사가 이뤄지지 않은 겁니까?"

"최근 프랑스 용병 부대 일레이드에서 조사단을 파견하긴 했습니다만, 접근이 용이하지 못해서 포기한 것으로 압니다."

"아직까지 베일에 싸여 있다?"

"그래서 야차 중대의 투입을 요청해 온 겁니다. 아시다시피 북유럽은 수렵이 발달하긴 했으나 아직까지 한국을 따라오지는 못합니다. 더군다나 원전을 설치해 준 나라가 우리이니 어느 정도 책임이 있지요."

발전소에 대한 얘기를 전해 듣고 있던 화수의 귀로 저소음 헬리콥터의 프로펠러 소리가 들린다.

휘이이이잉!

두 사람은 헬리콥터가 안착하자 곧바로 경례를 붙였다.

척!

"충성!"

"반갑습니다. 늦은 밤에 불러내어 송구스럽군요."

"아닙니다. 사안이 사안이니만큼 당연하다고 생각합니다."

"그래요, 이해해 줘서 고마워요."

대통령의 헬리콥터가 안착한 후, 저 멀리서 전술용 비행기도 한 대 날아와 내려앉았다.

전술용 비행기에는 강유, 강제 형제와 일레이드 용병단장 레이시스가 탑승하고 있었다.

레이시스가 화수에게 반색하며 다가왔다.

"잘 지냈나?"

"물론이지."

그에 반해서 강유는 여전히 떨떠름한 표정이다.

"저 양아치도 불렀어?"

"세상에, 이 시간이면 거지새끼들은 자빠져 잘 시간 아닌가? 거지들은 원래 게으르잖아."

"…하여간 저 싸가지 하곤."

"가는 말이 곱지 않으니 욕을 먹어도 싸지."

각자 다른 방식으로 인사를 하긴 했어도 서로 운명을 함께

할 전우인 것은 확실했다.

한명희는 일행을 모두 청남대 안으로 안내하였다.

"들어가시죠. 할 얘기가 많습니다."

"그러시죠."

일행이 청남대 안으로 들어가자 주변의 불이 모두 소등되고 건물 안 창문이 전부 암막으로 가려졌다.

이제는 청남대가 완벽한 암실이 된 것이다.

*　　　　*　　　　*

청남대에 모인 일행의 앞에 뜻밖의 인물이 찾아왔다.

구 제례 연구소장이자 현 몬스터 화학 연구소장인 라영일이 청와대의 부름을 받고 온 것이다.

그는 현재 북유럽 복합 발전소 내부에 있는 몬스터들의 샘플을 채취하여 이것들이 유전자 결합으로 생겨난 것인지 아닌지를 판별하게 될 것이다.

유럽은 물론이고 전 세계적으로 문제가 된 기계 몬스터의 출몰로 인하여 유럽의 발전소까지 그들의 소굴이 아닌가 하는 의심을 받고 있던 것이다.

라영일은 발전소 내부의 몬스터가 흐릿하게 찍힌 사진을 토대로 몇 가지 결론을 도출하였다.

그는 몬스터의 사진을 프로젝터에 띄워놓고 설명을 시작하였다.

"보시는 바와 같이 지금 이 사진에 보이는 몬스터의 크기는 대략 8미터가량입니다. 저 뒤에 있는 놈은 10미터쯤 되는 것 같군요. 이것은 무엇을 뜻하느냐. 그것은 바로 몬스터가 하루이틀 살아온 것이 아니라는 소리입니다."

"그렇다면 누군가 저놈을 계획적으로 사육했다는 소리입니까?"

"그럴 가능성이 높습니다. 왜냐하면 자연적인 개체가 저만큼 자라려면 꽤 오랜 시간이 걸리거든요. 저놈이 어떤 종류이든 간에 5미터 이상의 중형 몬스터가 제 모습을 갖추려면 적어도 1년에서 2년의 시간이 필요합니다. 그것도 영양이 아주 풍부하고 천적이 없다는 가정하에서 말입니다."

"흠……."

"그래서 제가 느낀 것이 뭐냐면 이곳에 긴급 출몰이 이뤄져 몬스터가 방사선을 먹고 자랐거나 누군가 몬스터를 사육했다는 것입니다. 하지만 코어 융합 발전은 방사선 피폭이 거의 없는 발전 방식입니다. 현재 방사선이 피폭되었다는 의혹이 제기된 것도 일반적인 원자로에 비하면 거의 새 발의 피라고 볼 수 있죠. 그런 양으론 저만큼 거대한 몬스터가 돌연변이를 할 수 없습니다."

"그렇다면 결국 누군가 사육을 했다는 것이 정설이겠군요?"

"정답입니다."

"이것 참, 그렇다면 또 요상한 능력을 사용할 것이 뻔한데……."

"놈들이 도대체 무슨 특징을 가지고 있을지는 알 수가 없습니다. 하지만 확실한 것은 지금 처리하지 않으면 사태가 걷잡을 수 없게 될 것이라는 사실입니다."

한명희는 그의 의견에 살을 보탰다.

"이 시점에서 우리 대한민국 정부는 야차 중대의 투입을 결정했습니다. 그리고 그 작전에 일레이드와 최강유 전 의원 형제가 참여했으면 하는 겁니다."

"으음."

강유는 작전 자체는 마음에 들지만 한명희가 별로 마음에 들지 않는 것 같았다.

"남의 집 똥 치워주는 것은 괜찮지만 네놈이 시키는 일에 무작정 투입하자니 뭐가 너무 찜찜하군. 네놈, 또 무슨 정치적인 계산을 해둔 것이지?"

"…정치적인 이해관계가 아주 없다면 거짓말이다. 하지만 이것은 국제적으로도 꼭 필요한 일이야."

"훗, 미친놈이군. 아주 사람을 가지고 장사하는 데 도가 텄어."

레이시스는 한명희에게 한 가지 조건을 내걸었다.

"어차피 최강유가 없으면 전력이 약해져 위험도가 높아집니다. 그럴 바엔 그가 납득할 수 있는 작전을 수립해야 할 겁니다."

"이를테면……."

"정치적 이해관계가 전혀 없는 작전이 되겠지요."

이번에는 화수 역시 한명희에게 정치적 이해관계의 배제에 대해서 말했다.

"제가 수렵을 하는 것은 인류를 위해서이지 정치적인 장사에 속아서 품이나 팔자는 것이 아닙니다."

"…강화수 준장까지 그리 말씀하신다면 제가 더 이상 할 말이 없군요."

그는 세 사람의 의견을 존중하기로 했다.

"제 생각이 짧았습니다. 곧바로 시정해서 상대방 정부에 통보하겠습니다."

"그래, 진즉에 그럴 것이지!"

강유가 한명희의 멱살을 틀어쥐며 말했다.

턱!

"…다시 한 번 말하지만 나를 졸로 본다면 가만있지 않겠다. 네놈 모가지 하나 따는 것쯤은 일도 아니거든."

"조심하도록 하지."

이번만큼은 한명희의 편을 들지 않은 화수가 일행과 함께 돌아섰다.

*　　　　*　　　　*

작전회의 명일, 대한민국 수렵 사령부에서 전술용 비행기가 떴다.

비행기 안에 들어 있는 인원은 총 20명이고 일레이드 용병단은 프랑스에서 준비를 마쳐 내일까지 북유럽 발전소에 당도하기로 했다.

북유럽 발전소는 보트니아 만에 위치하여 스칸디나비아반도 3국과 아이슬란드, 덴마크까지 전력을 조달하였다.

이곳에서 생산되는 전력으로 다섯 개 국가가 풍요롭게 전기를 쓰고도 남아 아프리카로 충전지를 무상으로 공급하기까지 하였다.

발전소의 부지는 대략 350만 평이고 이곳에서 일하던 기술자와 연구진 등을 포함한 노동자의 총 정원은 3만 명이었다.

5개국으로 전기를 송출시키고 남는 전기를 충전기로 비축까지 하던 이곳은 마치 거대한 산업단지와 비슷한 형국이었다.

그러니 이곳이 문을 닫으면서 생겨난 실업자들의 문제가 이

만저만 골치 아픈 것이 아니었다.

대한민국에서 떠난 비행기가 하루를 꼬박 날아가 도착한 보트니아 만에는 이미 대한민국의 원자력 기술자들이 당도해 있었다.

비행기에서 내린 야차 중대가 임시 막사를 펼칠 때쯤, 한국의 전문가 팀이 화수에게 다가왔다.

그는 화수에게 악수를 건넸다.

"한국 원자력공사 원자로 연구소장 남현도입니다."

"강화수입니다."

"예상보다 빨리 오셨군요."

"저희들이야 하루라도 빨리 일을 마무리 짓는 편이 나으니까요. 안에서 무슨 일이 더 일어날지 아무도 모르지 않습니까?"

"하긴, 그건 그렇지요."

화수는 남현도에게 현재 상황에 대해 물었다.

"지금 발전소의 상태는 어떻습니까?"

"다행히도 전력 공급은 정지되지 않아서 멜트다운은 일어나지 않았습니다. 하지만 언제까지 저렇게 정체 현상이 지속될지는 아무도 장담하기 어렵습니다."

"흠……."

"아무튼 지금 투입하신다면 몇 가지 주의를 해주셔야 합니다."

"말씀하시죠."

"첫 번째, 과도한 폭발을 일으키면 안 됩니다. 현재 원자로가 불안정한 상태에서 발전소에 충격이 가해지면 무슨 일이 일어날지 아무도 모릅니다. 그리고 두 번째, 전력 차단 상태가 일어나지 않도록 주의해 주셔야 합니다."

그는 화수에게 발전소의 지도를 건네주며 말했다.

"저 안에는 곳곳에 몬스터 코어를 기반으로 만들어진 충전지가 비치되어 있습니다. 잘못해서 코어가 망가지면 곧바로 멜트다운 사태가 벌어질 겁니다. 아시다시피 이건 보통의 원자로 멜트다운과는 다릅니다. 그러니 신중에 신중을 기해주셨으면 합니다."

"물론이죠."

원자력발전에서의 가장 큰 문제는 방사능 폐기물에 대한 것인데, 몬스터 코어 핵융합 기술에는 방사능 물질에 대한 문제는 그리 크지 않았다.

다만 냉각장치의 가동이 중지되어 멜트다운 사태가 벌어지게 되면 원자로가 폭발을 일으킬 수 있었다.

몬스터 코어는 일정 수준의 열을 받게 되면 폭발하게 되는데, 그 위력은 일반적인 같은 양의 원자폭탄과 비교했을 때 대략 10배에 달한다.

지금 이곳 원전에 설치된 원자로의 크기를 생각한다면 북유럽 전체가 날아가도 전혀 이상할 것이 없었다.

물론 몬스터 코어 핵융합 발전에 사용되는 원자로는 일반적인 몬스터 코어보다 폭발점이 훨씬 높고 내구성도 좋다.

그렇지만 지금 원자로에서 뿜어져 나오는 정도의 열이라면 반드시 폭발을 일으키고도 남을 것이다.

더군다나 한 번 멜트다운이 일어나는 곳의 원자로는 인력으로 온도를 내릴 수가 없다.

만약 해수를 이용해서 억지로 열을 내리려 한다면 원자로 폭발이 일어나 북유럽이 통째로 날아가 버릴 수도 있었다.

애초에 연구진은 이런 사태에 대하여 예견하고 있었으나 설마하니 발전소 내부에 긴급 출몰이 일어날 줄은 꿈에도 상상하지 못했다.

아니, 처음부터 그런 생각을 했다면 원자로를 개발하지도 않았을 것이다.

화수는 수첩을 접으며 물었다.

"또 다른 유의 사항은 없습니까?"

"없습니다."

"좋습니다. 웃는 얼굴로 다시 봅시다."

"좋지요."

이제 화수는 야차 중대의 임시 주둔지를 이곳에 세워두고 일레이드를 기다릴 것이다.

　　　　　*　　　　　　*　　　　　　*

　다음 날, 일레이드가 현장에 도착하였다.

　오늘 작전에 투입될 인원은 총 40명이고, 이 중에서 후방 지원을 빼면 25명이 작전에 투입될 것이다.

　화수는 혹시나 모를 방사능 유출에 대비하여 보호의와 방독면을 휴대한 채로 작전을 시작하였다.

　삐빅, 삐빅.

　강하나가 들고 있는 방사능 측정기의 기계음이 화수의 귓전을 때리고 있는 동안, 그는 방패를 든 채 앞으로 조금씩 전진하였다.

　그는 전방 1㎞ 앞에 있는 내부 순환 열차를 제1차 목적지로 잡았다.

　"방사능 수치는?"

　"정상입니다."

　화수는 수시로 방사능 수치를 체크하였는데, 그가 이렇게까지 방사능에 민감하게 반응하는 것은 연구진의 단 한마디 때문이다.

　연구진은 방사능 피폭이 없을 것이라는 이론은 그저 이론에 불과할 뿐, 몬스터 코어가 과연 무슨 작용을 일으킬지는 아무도 모른다고 하였다.

한마디로 무생물로 인식되고 있는 몬스터 코어이지만 그 안의 내용을 모두 이해할 수는 없다는 뜻이다.

때문에 화수는 작전에 투입하여 움직이는 내내 신중한 모습을 보일 수밖에 없었다.

그러나 언제까지 지지부진 움직여선 작전을 끝내기 힘들다.

그는 위험지역이라 판단된 구역을 벗어나 최대한 신속하게 움직여 목표 지역으로 향했다.

"전방에 내부 순환 열차의 입구 표지판이 보인다. 신속하게 이동하자."

―입감.

일행은 500미터를 전속력으로 달려 단숨에 열차역 입구에 도달했다.

강하나는 역에 도착하자마자 탐색기를 들고 열차와 중앙 제어실 등을 돌아다니면서 탐색을 펼쳤다.

대략 5분 후, 그녀가 화수에게로 돌아왔다.

"대장님, 이상 없습니다."

"좋아, 제1 구역까지 열차를 타고 이동한다."

"그런데 대장님, 열차를 운행하면 몬스터들이 우르르 몰려들 텐데요?"

화수는 강하나의 걱정을 한마디로 일축했다.

"그렇게 된다면 오히려 좋은 것이지. 놈들의 정체를 파악하는 데 들어갈 시간을 단축시킬 수 있잖아."

"아아, 그렇군요."

강하나는 마지막에 '그럼 몬스터와의 교전은 어쩌시려고요?'를 빼먹었지만 나름대로 만족스러운 답을 얻은 표정이다.

화수는 강유와 레이시스에게 물었다.

"내가 선탑을 할까, 아니면 자네들이?"

그의 물음에 레이시스가 앞장섰다.

"두 사람 모두 열차는 몰 줄 모를 것 아니야?"

"뭐, 그건 그렇지."

"그렇다면 내가 조종을 맡는 편이 좋지 않겠나?"

강유가 조금 놀란 눈초리로 그를 바라보았다.

"열차도 몰 줄 알아?"

"당연하지."

"얼마나 몰아봤는데?"

"두 번."

"자격증은?"

"없어."

"그럼……."

"그냥 현장에서 배운 대로 모는 거지, 뭐."

처음엔 그가 조금은 존경스럽던 강유이지만 이내 한심한

표정을 지었다.

"자네도 참 허당이란 말이야. 난 또 정식으로 교육받은 줄 알았네."

"하하, 원래 속성으로 배우는 편이 나중에 까먹지 않고 좋아. 그런 말 몰라? 외국어는 잠자리에서 배워라."

"…모르겠는데?"

"아무튼 나만 믿어. 그리고 지금 내가 아니면 딱히 다른 대안이 없잖아?"

화수는 실소를 흘렸다.

"기껏해야 죽기밖에 더하겠어?"

"빙고!"

강유는 떨떠름한 표정으로 기차에 올랐다.

"…가지."

"출발!"

레이시스의 진두지휘하에 일행은 모두 순환 열차에 줄지어 탑승하였다.

*   *   *

발전소 내부 순환 열차는 총 50분의 거리를 주행하게 되는데, 지상은 물론이고 지하 3층까지 운행하여 굳이 먼 거리를 걸어 다니거나 자동차를 이용해야 하는 불편함을 줄여준다.

야차 중대는 발전소 내부의 전경을 바라보며 저마다 깊은 음산함을 느꼈다.

발전소 중간에 보이는 스파크 무리와 화염이 햇빛이 차단되어 버린 이곳을 더욱 암울하게 만들어 버렸다.

최지하가 발전소 내부를 바라보며 한마디 건넸다.

"지옥이 있다면 이런 풍경일지도 모르겠군."

스파크의 무리와 화염 중간에는 인간의 것으로 보이는 혈흔이 자리 잡고 있었는데, 아무래도 몬스터들이 인간을 사냥하여 이곳에서 시신을 파먹었거나 실종된 노동자들이 잡아먹힌 것이 아닌가 싶었다.

만약 암전과 화염만이 가득했다면 그나마 좀 나았을지도 모르겠지만 혈흔이 곳곳에 보이니 그야말로 무간지옥이 따로 없었다.

잠시 후, 화수의 디지털 지도에 첫 번째 목적지가 모습을 드러낸다.

"제1 구역에 도착했다. 모두 정신 바짝 차리고 작전에 집중할 수 있도록."

"예, 대장님."

화수는 열차의 문을 열고 나가 '서부 송전실'이라고 쓰인 푯말로 다가갔다.

이곳은 북유럽 서부로 전기를 송출하는 곳인데, 대량의 코어전지와 고압 에너지 송출 시스템이 자리 잡고 있었다.

마리아는 전압 측정 장치를 가지고 송전실 내부로 들어섰다.

위잉, 위이이잉!

전압 측정기가 송전실 내부로 들어서자마자 마구 요동치기 시작했다.

"전기가 흘러?"

"아니, 전기가 흐르는 것이 아니고 송전실에서 쏘아 보내는 고압에너지 시스템에 문제가 생긴 거야. 전지 내부에 가득 차 있는 에너지를 송출해야 하는데 그것이 자꾸 쌓이니까 땅바닥으로 스며들고 있는 것이지. 아마 지하수에는 전기가 흐르고 있을지도 모르지."

"그럼 원전에 에너지가 도는 것도 이와 관련이 있는 건가?"

"그건 확실히 알 수가 없어. 아무튼 지금 당장 알 수 있는 것은 이곳의 에너지가 순환되지 않고 정체되어 있다는 거야. 즉 아직도 에너지가 생성되고 있다는 증거지."

화수는 지도를 펼쳐 송전실의 내부 구조를 파악해 보았다.

송전실은 중앙 제어실과 송전 장치실, 보안실, 당직실, 샤워실, 주차장, 충전지 구비실로 이뤄져 있었다.

규모로 따지자면 대략 2천 평으로 이뤄진 송전실에서 첫 번째 수색이 이뤄졌다.

화수가 알파, 레이시스가 브라보, 강유가 찰리 팀을 담당하여 세 개의 조가 나누어져 수색을 펼쳤다.

중앙 제어실에서 출발한 화수는 첫 번째 수색 지역인 송전 장치실로 향했다.

송전 장치는 서부의 에너지 송출을 담당하는 만큼 거대한 크기에 4중의 보안장치로 이뤄져 있었다.

김예린은 PDA로 보안장치의 상태를 점검하였다.

"지금까지 한 번도 보안장치에 문제가 생긴 적이 없습니다. 최종 방문은 3개월 전, 정확히 폐쇄되었던 그날입니다."

"그렇다면 인간의 출입은 없었다는 소리군."

"예, 그렇습니다."

화수는 원전 관리 본부에서 받은 마스터키로 보안장치의 문을 열었다.

지이이잉.

아주 매끄럽게 열린 보안장치의 강화플라스틱 보호막을 통과하여 송전기로 다가선 화수는 팀원들과 주변을 정밀 수색하였다.

한창 화수가 정밀 수색을 펼치고 있을 때쯤, 강하나가 손을 번쩍 들었다.

"대, 대장님, 이쪽으로 좀……!"

"무슨 일인가?"

화수가 강하나가 있는 곳으로 가보니 사람 머리통보다 조금 더 큰 알들이 송전 장치 뒤에 다닥다닥 붙어 있다.

알의 외부는 찐득찐득한 점막과 살덩이로 이뤄져 있었는데, 살덩이 밖으로는 혈관이 툭 불거져 나와 있었다.

꼬르르륵.

알이 숨 쉬는 소리가 귓전을 때릴 정도로 활발하다.

"몬스터의 알이군."

"어떻게 할까요?"

"대검으로 쑤셔서 처치한다."

화수의 명령에 의해 모두가 착검하고 대략 200개 정도 되는 알을 하나하나 제거해 나갔다.

촤락!

그러자 알에서 아직 부화하지 못한 몬스터의 새끼들이 축 늘어진 채 흘러나왔다.

꾸우우.

강하나는 안타까운 표정으로 새끼들을 바라보았다.

"…불쌍합니다."

"지금 죽이지 않으면 인간이 죽는다. 그렇게 되길 바라나?"

"아, 아닙니다."

"전장에서 적에게 자비를 베풀면 그 즉시 죽는다. 지금 우리는 적과 싸우고 있는 거야. 싹을 자르지 않으면 우리가 당한다."

"예, 대장님!"

잠시 방황하긴 했지만 강하나 역시 정신을 차리고 차근차근 몬스터의 알을 처치해 나갔다.

그렇게 200개의 알을 모두 처리하고 나니 몬스터 새끼의 시신으로 인해 악취가 진동하였다.

화수는 관리실에 있는 청소 도구를 이용하여 몬스터의 시신을 모두 밖으로 빼내고 그것을 불에 태우기로 했다.

몬스터의 시신이 썩으면서 또 다른 악취를 만들어내면 추후에 사용이 힘들기 때문이다.

시신을 한가운데로 모은 화수가 휘발유를 붓고 그 위에 성냥을 집어 던졌다.

화르르르륵!

강렬한 불길이 시신을 뒤덮자 썩은 고기 익는 냄새가 풍겼다.

"…결코 좋은 향은 아니군."

"원래 몬스터 새끼들이 악취를 풍기나?"

"글쎄, 그러고 보니 지금까지 부화하지 않은 새끼를 본 것이 처음이군."

지금까지 수많은 사냥터를 돌아다녔지만 부화하지 않은 알

상태의 새끼는 본 적이 없는 화수이다.

"새로운 경험이군. 연구 자료 샘플로 넘기도록 채취해 둘 것을 그랬어."

"뭐, 살려두어서 나중에 화근이 되는 것보다는 낫지요."

"하긴."

화수는 이곳에서 알을 처리한 후 곧장 동료들과 합류할 생각이다.

하지만 그는 조금 더 이곳에 머물게 되었다.

꾸에에에에!

"대장님, 후방에서 갓파 무리가 달려옵니다!"

"갓파?"

"그런데 크기가 좀⋯⋯."

화수가 고개를 돌려보니 거대한 등껍질을 가진 거북이 괴물이 줄을 지어 달려오고 있었다.

그는 고개를 내저었다.

"저건 갓파가 아닌데?"

"그럼 뭡니까?"

"나도 모르지. 처음 보는 몬스터니까."

요즘 들어 생소한 몬스터가 워낙 많이 쏟아져 나오고 있기 때문에 그다지 놀랄 일은 아니었다. 하지만 저놈들의 공격 방식은 화수를 놀라게 하기에 충분했다.

퍼엉!

"포, 포탄?!"

"저놈들의 등딱지에 있는 저 긴 물체가 포신인 모양입니다!"

"몬스터에게 무슨 포신이 달려 있어?!"

"모르겠습니다! 아무튼 저놈들의 포격이 만만치 않겠습니다!"

잠시 후, 대략 50마리가 쏜 포탄이 비 오듯 쏟아져 내렸다.

쐐에에에에엥!

화수는 부하들을 자신의 방패 뒤로 불러들였다.

"회피 진영으로!"

"예!"

차라락!

일렬로 늘어선 부하들이 화수에게 몸을 의지할 때쯤, 하늘에서 떨어진 포탄이 마구 폭발을 일으켰다.

콰과과과광!

주변이 온통 화염의 바다가 되긴 했지만 워낙 회피 기동을 잘한 덕분에 별다른 피해는 없었다.

다만 조금만 더 피해를 입으면 송전탑까지 위험할 수 있었다.

화수는 두 개 팀에게 무전을 보냈다.

"여기는 알파, 전방에 해괴망측한 적이 출몰했다! 지원 바란다!"

─알겠다.

화수의 부름을 받고 두 개 팀이 현장에 도착할 때쯤, 놈들이 2차 포격을 시작하였다.

퍼엉!

강유는 눈살을 확 찌푸렸다.

"…뭐야?!"

"화포를 쏘는 몬스터들이다. 잘못하면 이 근방이 모두 초토화되겠는데?"

"제기랄, 그럼 포를 쏘기 전에 우리가 달라붙어서 처리하는 수밖에 없었군."

"그렇지?"

화수는 나머지 인원에게 엄호를 지시하였다.

"나와 최강유가 근접전을 벌일 테니 나머지는 이곳을 점령한 채 대기하면서 우리를 엄호한다!"

"예!"

그가 말을 맺자마자 두 사람은 누가 먼저랄 것도 없이 달려나갔다.

제9장
수중 포격전

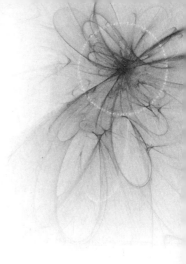

　거북이 괴물들의 전략 전술은 인간의 것을 방불케 할 정도
로 현란했다.

　5열로 늘어선 거북이들이 교차사격을 펼치면서 후방으로
한 줄씩 후퇴를 하였는데, 거대한 폭발을 일으키지 않는 선에
선 제압하기가 결코 쉽지가 않았다.

　화수와 강유는 내공의 폭발이 원자로를 자극할 수도 있겠
다 싶어 최대한 내공을 최소화 한 채 놈들을 타격하기로 했으
나, 놈들의 반응이 가히 신랄할 정도이다.

　펑펑펑!

일렬로 늘어선 거북이가 사격하고 나면 곧바로 그 후위 열이 돌아 나와서 사격하고 사격이 끝난 조는 맨 앞으로 달려가 퇴로를 확보하는 형식으로 싸웠다.

더군다나 포의 화력이 거의 야포 수준이기 때문에 맨몸으로 화포를 막아내는 데엔 무리가 있었다.

화수는 자신에게 날아오는 포탄을 진기로 받아내 한꺼번에 일그러뜨려 버렸다.

끼이이이잉!

포탄이 찌그러지긴 했지만 폭발을 받아내야 하는 것은 화수의 몫이다.

콰아앙!

순간적으로 호신강기를 펼쳐 화염을 무마시키긴 했지만 약간의 내상이 조금씩 쌓이는 중이다.

"제기랄, 이래선 끝도 없겠는데?"

"설마하니 포탄을 매달고 다니는 거북이라니, 도대체 누가 상상이나 했겠어?"

화수와 강유는 이대로 시간이 조금만 더 지체되어도 사태가 심각해질 것이라고 생각했다.

두 사람은 아까 전에 본 전략지도에서 인근 지형에 대해 상기시켜 냈다.

"후방으로 조금만 더 나가면 공터가 있던 것 같다. 그곳 주변에는 물가도 있으니까 아마도 싸우기가 조금 더 수월하겠지."

"그렇다면 공간도 넓으니 60미리 박격포 정도는 사용해도 되지 않을까?"

"그 정도 공간이라면 81미리도 괜찮지 않겠어?"

"두 개 모두 괜찮다면 두 개 모두 쓰는 것이 좋지 않나?"

"아아, 그렇겠군."

화수는 후방의 동료들에게 무전을 보냈다.

"거북이와의 포격전을 실시한다. 우리 두 사람이 거북이들을 후방 500미터 앞에 있는 공터로 몰아넣을 테니 박격포로 지원사격을 해주기 바란다."

─입감.

평소엔 못 잡아먹어서 안달이 난 두 사람이지만 이럴 때엔 죽이 꽤나 잘 맞는다.

화수가 거북이들을 압박하기 위하여 약하게 사자후를 터뜨렸다.

"흐어업!"

퍼엉!

그러자 거북이들이 아연실색하며 황급히 뒷걸음질로 도망가기 시작했다.

두 사람은 조금 더 몬스터 무리를 압박하여 완벽하게 고립

시키기로 하였다.

"거의 다 된 것 같은데?"

"좋아, 이곳의 좌표를 송출해서 놈들을 아작 내자고."

화수가 좌표를 송출하고 있는데, 놈들이 모래와 물가로 순식간에 모습을 감추어 버렸다.

파바바밧!

"허, 허어?"

"거북이라서 땅을 파고들어 갈 수 있는 건가?!"

"젠장! 이렇게 되면 엄폐한 상태로 싸우게 되는 것 아니야?!"

잠시 후, 그들의 예상대로 모래 속에 파묻혀 있던 거북이 몬스터가 바깥으로 포신만 쏙 내밀어 사격을 하기 시작했다.

피융!

심지어 놈들은 모래 속에서 시시때때로 위치를 바꾸어가면서 교차사격을 실시하였다.

쾅쾅쾅!

─제기랄, 후방으로 포탄이 날아옵니다!

"빌어먹을!"

모래에서 싸우는 거북이들이 한차례 포격을 하고 위치를 바꾸는 동안, 후방의 저수지에 잠수하고 있던 거북이가 올라와 사격을 실시하였다.

두 구역의 몬스터들이 돌아가면서 사격하니 화수와 강유의 발이 묶이는 것은 물론이거니와 지원 팀은 난리가 나 있었다.

─포병 레이더로 위치를 파악해도 놈들이 동선을 바꾸는 바람에 사격이 불가능하다!

"…난감하게 되었군."

적의 포탄이 날아오는 곳을 파악할 수 있는 포병 레이더가 있긴 하지만 놈들의 활동 반경이 워낙 넓고 깊어서 제대로 탄이 맞지를 않았다.

이제는 후방에 교란작전까지 펼치는 이놈들을 과연 어떻게 해야 하나 고민이 큰 두 사람이다.

그들은 이제 어쩔 수 없는 선택을 하기로 했다.

"나는 물에서, 너는 모래에서 싸우는 것이 어때?"

"어쩔 수 없지."

"명심해라. 모래밭이나 저수지에서 무공을 사용했다간 약진이 일어날 거야."

"걱정하지 마라. 내가 너냐?"

"…저 싸가지."

화수는 모래로 들어가고 강유는 저수지로 들어가 사냥을 시작하였다.

*   *   *

야차 중대가 전방에서 악전고투를 거듭하고 있을 무렵, 야차 여단과 강제는 원전을 관리하고 보수해 주던 업체를 찾아갔다.

한국 정부는 원전 기술을 기반으로 발전소를 관리하고 보수해 줄 업체를 선정하여 해마다 꽤 많은 돈을 지불하였다.

하지만 해당 업체는 지금 휴지 조각만 남은 상태로 공중분해된 이후였다.

강제는 해동 에너지의 해체에 대해서 알아보았으나, 그들에 대한 공식적인 기록을 전혀 찾아볼 수가 없었다.

이로써 그가 알아낸 사실은 산업통상자원부에 끄나풀이 있다는 것이다.

정부 각처에 끄나풀이 있지 않고선 이와 같은 일이 절대로 벌어질 수 없기 때문이다.

한마디로 그들이 은폐를 시도하는 바람에 강제가 꼬리를 잡은 셈이다.

그는 산자부에서 처음 이들에게 하청을 내린 상황에 대하여 알아보기로 했다.

전 산자부차관인 신해용이 강제의 연락을 받고 강원도 산골에서 정선 읍내로 나왔다.

이제는 안중지인이 되어버린 신해용은 친한 친구와 가족이 아니고선 연락이 닿지 않을 정도의 오지에서 지내고 있었다.

젊어서부터 가정생활에 충실하지 못한 그는 늘그막에 병을 얻은 아내를 위하여 산중 생활을 선택하게 된 것이다.

아내와 함께 읍내로 나온 신해용은 아주 해맑은 얼굴로 그를 맞았다.

"최강제 팀장님?"

"편하게 부르십시오. 이제는 공직에 계신 것도 아닌데 굳이 저 같은 젊은이에게 꼬박꼬박 존대하지 않으셔도 됩니다."

"하하, 그럼 그럴까?"

신해용의 나이는 올해로 일흔다섯, 강제에겐 아버지뻘도 더 되는 사람이다.

그는 강제에게 자신을 찾아온 이유에 대해서 물었다.

"그나저나 나를 찾아온 연유에 대해서 말해줄 수 있겠나? 무거운 얘기는 어서 끝내고 아내와 데이트를 해야 하거든."

"이 아저씨가……."

"왜? 그러려고 나온 것 아니었어?"

"뭐, 그건 그렇지만."

"이 나이 먹고 쑥스러워할 것도 많아. 이 정도 먹었으면 남들 눈치 안 볼 때도 되었어. 안 그래, 최 중령?"

"어르신의 말씀이 맞지요. 전 괜찮으니 마음껏 애정 표현하십시오. 오히려 보기 좋습니다."

"역시 남자끼린 뭔가 통한다니까."

강제는 조금 신이 나 보이는 그에게 북유럽 원전에 대한 자료를 건넸다.

"퇴직을 하신 이후라 이런 서류를 보시는 것만으로도 신물이 난다는 것을 잘 압니다. 하지만 한 번만 봐주십시오. 잘못하면 북유럽이 망조로 들어서게 생겼습니다."

"흠, 그럼 안 되지. 내가 벌인 일은 수습해야 후손들에게 떳떳한 사람이 될 수 있지 않겠어?"

"감사합니다."

신해용은 강제가 건넨 자료를 신중히 살펴보곤 당시의 기억을 상기시켜 냈다.

"딱 보니 알겠군. 3년 전에 내가 인허가를 내준 건이지. 업체의 이름은 잘 기억이 안 나는데, 확실히 내가 관리를 위임했지."

"그때 이 업체를 등용하게 된 결정적인 이유 같은 것이 있습니까?"

그는 고개를 저었다.

"이유랄 것은 없어. 공개 입찰로 관리 업체를 뽑았거든. 그때 우리의 물망에 오른 대기업이 여럿 있었는데, 어쩐 일로 그들이 입찰을 포기하면서 이 사람들이 실권을 잡았지. 그래, 해동 에너지! 해동 에너지라는 사람들이었지."

"맞습니다. 정확하게 기억하고 계시네요. 그런데 그 잘나가던 대기업들이 어째서 입찰을 포기한 것일까요?"

신해용은 고개를 내저었다.

"자세한 내막까진 알 수가 없어. 입찰을 포기했다고 해서 우리가 내사를 벌일 권한까진 없거든."

"흠……"

"다만 확실한 것은 그들이 포기한 이후에 프로젝트가 급진전되어 예정보다 3개월 빨리 출발하게 되었어. 그때 해동 에너지를 도와준 기업이 있었지."

"그들이 누구입니까?"

"바로 적산 연구 개발이라는 기업일세."

"적산이라……"

"그들 역시 대기업은 아니었는데 일 처리가 대단히 빨랐어. 그래서 그런지 자리를 잡는 데 시간이 그리 오래 걸리지 않았지. 다만 짐이 워낙 많아서 우리가 군용 비행기에 군용 수송 선박까지 대절해 주었다네."

"짐이 많다니요?"

"무슨 처리 장치와 중형 기계가 많이 필요하다고 하는 것 같더군. 그때 컨테이너 몇 개가 나왔더라? 아무튼 상선에는 싣기 힘들어서 군용 비행기에 수송 선박까지 동원한 것이지."

강제는 그가 해준 말을 전부 노트에 필기한 후 몇 가지 질문을 더 건넸다.

"어르신, 죄송합니다만 몇 가지 더 여쭤도 되겠는지요?"

"내 아내가 지루하지만 않다면 얼마든지 더 물어도 괜찮네."

그녀는 멋쩍게 웃었다.

"사실은 나도 옛날 얘기를 들으니 재미있네요. 계속하세요."

"감사합니다, 어르신."

강제는 그에게 최초로 몬스터 코어 융합 발전에 대한 기술을 개발한 사람에 대해 물었다.

"한국과학기술연구원이 아니라 원자력발전공사에서 개발했다는 이 기술 말입니다. 원래는 특허권이 어디에 있습니까?"

"특허는 대한민국 정부에 있지만 그에 대한 로열티가 지급되는 사람이 있어."

"그 사람에 대해 알 수 있습니까?"

"이름이 뭐였더라?"

"굳이 이름이 아니더라도 직책만 알려주셔도 됩니다."

"아아, 그렇다면 쉬워. 로열티를 받는 사람은 원자력발전공사 원자로 개발팀장이었던 것 같아. 아마 지금은 직책이 바뀌고 인사이동이 있었을걸."

"그렇군요."

신해용은 강제에게 실마리 하나를 제공하였다.

"만약 북유럽 원전 사고에 대한 내막이 존재한다고 생각한다면 나를 찾아올 것이 아니라 서울지검 최주동 검사를 찾아가 보게."

"검사요?"

"아마 차장검사로 진급한 지 꽤 되었으니 한 번 더 인사이동이 있었을지도 모르지. 아무튼 내 이름을 대고 최주동 검사를 찾아가면 이에 대한 실마리를 안겨줄 수도 있을 걸세."

그는 수첩을 덮고 꾸벅 고개를 숙였다.

"감사합니다!"

"아닐세. 내가 뿌린 씨앗을 거두는 일인데, 뭐."

강제는 그에게 은색 상자를 하나 건넸다.

"받으십시오."

"이게 뭔가?"

"별것 아닙니다. 사모님께서 건강이 좋지 않다기에 달팽이즙을 좀 가지고 와봤습니다. 여자 몸에는 달팽이가 그렇게 좋답니다."

"하하, 고맙네. 잘 먹겠네."

"아닙니다. 나중에 다시 한 번 찾아올 테니 식사나 한 끼 하시죠."

"그러세."

"그럼……."

강제는 두 사람에게 정중히 고개를 숙인 후 서울지검으로 향했다.

*　　　*　　　*

저수지 속, 화수의 신형이 크기 5미터에 육박하는 거북이 떼 앞에 섰다.

꼬르르륵.

둘 다 아가미가 없는 생명체들인지라 물에서 숨을 쉴 수는 없지만, 아마도 숨 참기 대결을 하면 화수 쪽이 더 유리할 것이다.

그는 이미 자연경의 경지를 초월했기 때문에 굳이 숨을 쉬지 않아도 혈액에 산소가 공급된다.

숨은 닫혀 있지만 백회혈을 통하여 자연의 진기가 전달되기 때문에 숨을 쉬지 않거나 밥을 먹지 않아도 생명이 유지되는 것이다.

하지만 그와 다르게 거북이들은 숨을 쉬지 못하면 죽을 수도 있었다.

화수는 중단전에 갈무리되어 있는 몬스터의 내가진기를 출수하였다.

쉬이이이익!

그의 손에서 뿜어져 나온 내가진기는 호수의 겉면을 순식간에 얼어붙게 만들었다.

화수는 지금까지 흡수한 몬스터의 능력을 어느 때라도 꺼내어 사용할 수 있기 때문에 이 정도 냉기를 뿜어내는 것은 문제도 아니었다.

레비아탄이 별의별 개체를 다 키워낸 것이 화수에겐 호재로 작용한 것이다.

덕분에 저수지 겉면이 꽁꽁 얼어붙어 거북이들이 숨을 쉬지 못하게 되었다.

'자, 이젠 어떻게 할 테냐? 아무리 몬스터라고 해도 물속에서 포탄을 쏘아내 보는 것은 불가능하겠지?'

그의 예상대로 물속에선 대포를 쏠 수 없기 때문에 거북이들은 이제 체술로서 화수를 제압하는 방법밖엔 남아 있지 않았다.

하지만 애초에 초식으로 화수를 제압한다는 것은 적어도 생명체로선 절대 불가능한 일이니 거북이 전부가 다 덤벼도 그를 짓누를 수는 없었다.

크아아아앙!

거대한 아가리를 벌리며 다가서는 거북이들에게 화수의 주먹이 날아들었다.

'자연경의 경지란 무릇 자연의 기류를 역행할 수 있다는 뜻

이지.'

퍼억!

화수의 주먹이 거북이의 콧등을 때리자, 그 연쇄 작용으로 척추가 전부 다 부러져 버렸다.

끄웨에에엑.

단 일격에 피를 토하며 죽는 동료를 바라보며 몬스터들이 일시적으로 움찔거렸다.

…크르르르릉.

'덩치만 컸지 별것 아니로군. 역시 빈 수레가 요란한 법인가?'

포격전에선 아주 신묘한 전술을 구사하던 놈들이지만 막상 육탄전이 발발하니 그다지 크게 힘을 쓰지는 못하는 모습이다.

아마도 포격전 이외의 상황에선 그다지 유연한 대처를 하지 못하는 것 같았다.

그렇다면 이제 화수에게 턴이 넘어온 셈이다.

'오늘 저녁은 용봉탕이다!'

그는 물속에서 보법을 밟았다.

쉬이이익!

걸음걸음에 얼음을 만들어내며 추진력을 주니 감히 거북이는 따라올 수도 없는 신묘한 몸놀림이 탄생하였다.

화수는 엄청난 속도에서 만들어진 관성의 힘을 그대로 주먹에 실었다.

퍽!

그의 주먹이 거북이 목덜미에 꽂히자, 경추가 뽑혀 나가면서 장렬한 최후를 연출해 냈다.

화수의 괴물과도 같은 힘을 몸소 체험한 놈들은 하나같이 등껍질 안으로 머리와 다리를 쏙 집어넣어 버렸다.

아마 등껍질 안으로 숨으면 화수가 자신들을 공격할 수 없다고 판단한 모양이다.

'이래서 머리가 나쁘면 몸이 고생한다는 말이 나오지.'

화수는 와일드코일과 빛의 레비아탄에게서 흡수한 강력한 뇌전을 한차례 뿜어냈다.

촤좌좌좌촥!

그러자 움직임이 없는 거북이들에게 엄청난 전압이 고스란히 전달되었다.

제아무리 등껍질이 단단하다고 하지만 이렇게 강력한 전압에 노출되면 당연히 전기 구이가 되고 말 것이다.

꼬르르륵!

단 일격에 배를 까뒤집고 누워버린 거북이들은 이제 더 이상 방어나 공격의 움직임을 보이지 않았다.

화수는 이제 천천히 돌아다니면서 검으로 거북이들의 목을 그어 죽음을 선사하였다.

촤락!

살해하는 방법은 쉽지만 그 피로 인하여 저수지가 붉은빛으로 물들어 버렸다.

화수는 붉어진 물속을 헤집고 다니면서 150마리에 달하는 개체를 모두 몰살시켰다.

대략 5분 후, 일을 모두 마친 화수가 얼음을 깨고 수면 위로 올라왔다.

콰아아앙!

뭍으로 올라온 화수는 뜨겁게 달궈진 모래밭을 바라보았다.

"킁킁, 맛있는 냄새가 나는군."

모래밭에는 강유가 아주 노릇노릇하게 익어버린 거북이 등껍질을 일일이 주먹으로 부수고 있었다.

빠악!

워낙 거북이 등껍질이 잘 구워져서 주먹이 들어가는 족족 그 안에 있던 살과 내장이 꼬들꼬들한 자태를 뽐내며 올라왔다.

강유는 화수가 전기 찜질로 놈들을 잡은 것과 비슷하게 모래밭 속에서 내가진기를 모두 출수시켜 초고온으로 주변을 물들인 것이다.

덕분에 거북이들이 모래밭에서 빠져나가지 못한 채 열에 익어 죽은 것이다.

방법이 조금 잔인하긴 하지만 이놈들을 효과적으로 잡아

죽이자면 왕도가 없었다.

"일단 한고비 넘겼군."

"그러게 말이야. 이젠 더 이상 신기할 것도 없어. 워낙 미친 짓거리를 많이 하는 제네시스 스쿼드라서 말이지."

화수는 이것이 기계 몬스터의 일종이라고 생각했다.

"아마 이놈들 역시 생체 병기일 가능성이 높아. 방금 전에 보니 혈액이 붉은색이고 등의 화포는 꽤 가공할 만한 위력을 뿜어냈지. 이것은 인간이 만든 작품이 아니고선 불가능한 일이야."

"그래, 맞아. 몬스터의 혈액은 보통 초록색이나 녹색이더군."

"이놈들은 몬스터의 특징을 가지고 있으면서도 동식물이나 기계의 특징도 가지고 있어. 한마디로 하이브리드형 생명체라는 소리지."

이제 화수 일행은 두 번째 목적지를 향할 차례이다.

"가자. 다행히도 기차는 다치지 않았으니 두 번째 지역으로 가는 데 큰 문제는 없을 거야."

두 사람은 일행이 있는 송전실로 향했다.

＊　　　　＊　　　　＊

송전탑에서 내부 순환 열차를 타고 대략 10분쯤 이동하면

발전소에서 생산된 에너지를 남부로 보내기 위한 전초기지가
보인다.

야차 중대는 이곳을 두 번째 거점으로 삼고 발전소 중앙으
로 가기 위한 준비를 꾸리기로 했다.

부우우웅!

내부 순환 열차를 타고 거점으로 들어가려던 일행은 급작
스럽게 끊어진 동력에 당황하였다.

레이시스가 고개를 갸웃거린다.

"어라? 동력이 왜 나가 버렸지?"

"조작이 잘못된 것 아니야?"

"그럴 리가 있나? 열차가 앞으로 나가는 동안 내가 조작할
레버는 별로 없어. 이 열차의 구조는 생각보다 단순하거든."

"그럼 뭐야? 발전소에 무슨 일이 생긴 건가?"

화수는 발전소 전역에 불이 꺼진 것인가 싶어서 밖을 내다
보았지만 여전히 가로등이 깜빡거리고 있었다.

그렇다는 것은 내부 순환 열차만 정전이 되고 나머지는 멀
쩡하다는 소리였다.

"…뭐야? 이게 갑자기 왜 이렇게 흘러가는 거지?"

바로 그때였다.

끼이이잉, 쿵!

열차의 후방에서부터 뭔가 단단한 강판 일그러지는 소리가

들려오기 시작했다.

하지만 육안으로 확인했을 때 열차 후방엔 아무것도 존재하지 않았다.

"열차가 마구 구겨지고 있는데요?"

"열차가 구겨지다니, 이건 또 무슨 조화야?"

잠시 후, 끄트머리 열차가 완전히 박살 나면서 끝에서 두 번째 칸이 똑같은 방식으로 일그러져 버렸다.

끼이이이익, 쿵!

순간, 강유의 머리에 주민들의 제보가 스쳐 지나갔다.

"…그림자 밖에 안 보이는 사내들이 돌아다녔다고 하지 않았나?"

"설마 그 소리가 진짜였단 말이야?!"

"대포를 쏘는 거북이가 진짜 있었는데 투명한 사람이라고 없으리란 법 없잖아?"

"허, 허어!"

제아무리 무공이 뛰어나도 눈에 보이지 않는 사람과 싸운다는 것은 쉽지 않은 일이다.

더군다나 지금처럼 열차를 단박에 마구 일그러뜨릴 정도의 힘을 가진 존재와의 전투는 눈에 보여도 껄끄러운 법이다.

화수와 강유는 이번에야말로 반짝 긴장할 수밖에 없었다.

"잘못하면 난리가 나겠는데?"

"그러게 말이야."

바로 그때였다.

쿠그그그, 콰앙!

열차의 바닥이 꿰뚫리면서 무형의 그림자가 마구 쏟아져 들어왔다.

사사사사사삭!

"젠장!"

"모두 차에서 내려!"

야차 중대가 문을 열고 내리려 자동문으로 다가서자, 문이 먼저 열리며 그림자들이 선수 쳐 들어왔다.

사사사사삭!

"이런 빌어먹을!"

"대장, 이젠 어쩌죠?!"

"…난감하군."

눈에 보이지도 않는 놈들이 이렇게 쏟아져 들어온다는 것은 실로 난감하지 않을 수 없는 상황이다.

화수와 강유는 난관에 봉착하게 되었다.

외전
과거지사

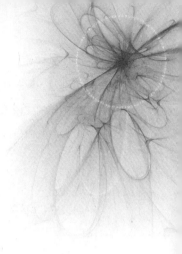

대전의 늦은 밤, 화수와 성희가 술잔을 맞대고 있다.

"건배."

"후훗."

볼이 발그레 붉어진 성희가 아주 예쁘게 취해가는 중이다.

화수는 그런 그녀가 너무도 사랑스러워 보였다.

"당신은 언제부터 그렇게 예뻤습니까?"

"글쎄요. 당신을 만나고부터?"

두 사람은 사랑을 속삭이느라 서로의 말투가 아주 닭살 돋는다는 사실을 전혀 깨닫지 못하는 모양이다.

화수가 그녀와 한 잔의 와인을 더 마실 때쯤 그의 뇌리로 전생의 기억에 스치고 지나갔다.

"짠!"

팅!

잔을 부딪친 화수의 표정이 아주 찰나에 아련해졌다.

다행히도 그것을 성희에게 들키지는 않았지만 화수는 속으로 아주 복잡한 심경에 사로잡혔다.

전생에 여자 때문에 벌어진 대참사에 대한 기억이 떠오른 것이다.

'이제는 그런 참사가 일어날 리도 없겠지.'

감상에 젖어든 화수에게 그녀가 시기적절하게 물었다.

"그런데 화수 씨는 정말 과거가 아예 하나도 없어요?"

"과거라……."

"…당신 정도의 남자라면 여자가 얼마든지 있었을 것 같은데 말이죠."

화수는 그녀의 질문에 어떻게 대답해야 할지 난감했다.

과거가 전생을 말하는 것이라면 분명 과거가 차고도 넘칠 테지만 현생의 화수는 여자라곤 거의 만나본 적이 없기 때문이다.

그는 결국 후자를 선택했다.

"없어요."

"정말요?"

"적어도 이번 생에는 당신이 첫사랑이라고 말할 수 있겠네요."

"후후, 그럼 전생에서는요?"

"…그야 모르죠. 전생에 무슨 죄를 저질렀는지."

"으음, 그럴까요?"

화수는 미소를 지었다.

"그렇지만 지금은 당신을 만나서 행복하니 전생이 어찌 되었든 간에 상관없죠."

"나를 만나서 행복해요?"

"당연한 소리를? 당신은 안 그래요?"

"행복해요. 이대로 죽어도 좋을 만큼."

그는 성희의 얼굴을 쓰다듬으며 말했다.

"…그래도 죽지는 말아요. 최소한 나보다 오래 살아요. 내소원입니다."

"그래요, 알겠어요."

두 사람은 서로에게 다가가 누가 먼저랄 것도 없이 격정적인 사랑을 퍼붓기 시작했다.

*   *   *

황산의 작은 시골 마을 우석촌에 봄이 찾아왔다.

밭에는 소들이 쟁기를 끌고 다니면서 경작을 준비하고 있고, 아낙들은 농부들이 먹을 음식을 준비하느라 바쁘다.

봄은 계절의 여왕이라고 하지만 분주한 우석촌의 풍경은 노동의 계절이라 불러도 손색이 없을 듯하다.

여덟 살 꼬마 숙녀 빙빙은 이런 풍경이 즐겁긴 하지만 한편으론 고민거리가 많았다.

봄에는 마을 전체가 바빠서 심심하긴 하지만 농번기라 맛있는 음식들이 찬이나 참으로 많이 쏟아져 나온다.

이 산골 마을에 공부할 곳이라곤 집밖에 없는데다 또래도 별로 없어서 봄이면 항상 홀로 방구석에 처박혀 글이나 읽어야 했다.

그 대신 끼니와 참 때가 되면 얻어먹을 수 있는 음식이 굉장히 많기 때문에 행복함을 느끼곤 한다.

이러한 양면적인 봄의 풍경 탓에 빙빙은 이맘때쯤이면 아주 깊은 고뇌에 빠져 버린다.

아직 세상을 알 나이는 아니지만 나름대로의 괴리감과 싸우면서 살아가고 있던 것이다.

이른 새벽, 빙빙이 우물가로 나갔다.

꼬끼오!

이제 막 새벽닭이 울 때이니 원래대로였다면 한창 잠에 빠져 허우적거려야 할 시간이다.

그럼에도 불구하고 빙빙이 우물가로 나온 것은 뭔가 새로운 결심을 했기 때문이다.

빙빙은 끼니마다 얻어먹던 간식을 차곡차곡 우물가 근방에 숨겨놓고 이것을 비상식량으로 삼기로 했다.

마을 어른들이 보면 이 어린 나이에 무슨 비상식량을 챙기나 싶겠지만 빙빙은 사뭇 진지했다.

빙빙은 이 식량으로 산비탈 남쪽에 있다는 도시까지 나가 보기로 한 것이다.

그녀는 수많은 상단과 표국이 오가는 도시에는 진귀한 물건이 많다고 하여 어른들이 말을 타고 일주일이고 보름이고 기꺼이 여행하는 것을 보았다.

빙빙은 지금까지 단 한 번도 도시에 나가본 적이 없지만 어른들이 굳이 생고생을 하면서 도시에 나가는 것에는 다 이유가 있다고 생각했다.

"그래, 어른들이 괜히 죽어라 일하고 모은 돈으로 도시로 나가겠어? 뭔가 좋은 것이 있으니까 가는 것이겠지."

우물가에 숨겨둔 전병과 육포 등을 모두 모으면 적어도 일주일은 족히 버틸 수 있을 것이다.

그 이후엔 도시에 도착해서 돈을 주고 밥을 사 먹으면 그만이니 문제될 것이 없었다.

그녀는 마을 대장간에서 남몰래 빼돌린 철 조각으로 며칠 밥을 때우고 객잔에서 잠도 잘 수 있을 것이라 생각했다.

한 보따리 먹을 것을 챙긴 빙빙은 기쁨의 미소를 지었다.

"쿡쿡, 좋아! 이 정도면 충분히 도시까지 갈 수 있겠지?"

사실 빙빙은 모르고 있지만 그녀가 사는 마을에서 도시까지 일주일이 걸릴지 보름이 걸릴지 한 달이 걸릴지 아무도 모른다.

직선거리론 그리 거리가 멀지 않지만 우석촌이 워낙 황산 구석에 처박혀 있기 때문에 산비탈을 내려가는 것만으로도 진이 빠질 것이다.

노새나 말도 힘들어하는 길을 어린아이가 걸어서 간다는 것은 현실적으로 불가능한 일이었다.

그렇지만 하룻강아지인 빙빙에게 그런 현실적인 문제가 눈에 들어올 리 없었다.

그녀는 집에서 가지고 온 어머니의 속치마에 음식을 잘 갈무리한 이후 그것을 돌돌 말아 봇짐을 만들었다.

"웃차!"

그런데 막상 짐을 짊어져 보니 그 무게가 생각보다 무겁다.

그녀는 음식을 짊어진 것만으로도 휘청거리며 아슬아슬한 품밟기를 해댔다.

"이, 이게 아닌데… 너무 무거워서 앞으로 갈 수가 없잖아?"

빙빙은 봇짐을 다시 풀어서 무게를 많이 차지하는 전병이나 육포 등을 빼내곤 다시 짐을 쌌다.

거의 대부분의 먹을거리가 빠져나갔으나, 발걸음이 매우 가벼워 걷기엔 아주 그만이었다.

"쿡쿡, 좋은데?"

하지만 그녀는 몇 걸음도 채 가지 않아서 다시 짐을 쌌던 곳으로 되돌아왔다.

동네 개들이 지나가다가 음식 냄새를 맡고 하나둘 모여들기 시작한 것이다.

빙빙은 재빨리 봇짐을 풀고 개들을 내쫓았다.

"훠이, 저리 꺼져 버려!"

깨갱!

주변에 있던 막대기를 집어 들고 개들을 두들겨 패며 음식을 사수한 빙빙은 어쩔 수 없이 다시 봇짐을 쌌다.

"쳇, 아까워서 그냥 두고 갈 수가 없네."

빙빙은 봇짐을 쌌다 풀었다 반복하면서 시간을 지체하였다.

음뭐어어어!

저 멀리서 누렁이 우는 소리가 들리는 것을 보니 이제 곧 묘시가 되려는 모양이다.

그녀는 어머니에게 출타가 발각될까 두려워 재빨리 짐을 싸서 마을 입구를 향해 내달리기 시작했다.

"헥헥, 걸리면 국물도 없어!"

멍멍!

이미 음식 냄새를 맡은 동네 개들을 죄다 끌고 마을 입구까지 달려나가는 빙빙에게 이미 밭일 준비를 끝마친 동네 어른들이 저마다 한마디씩 건넸다.

"빙빙아, 어디를 그렇게 급하게 가니? 등에 짊어진 것은 봇짐 아니야?"

"네, 맞아요! 도시로 가려고요!"

"뭐? 어디를 간다고?"

"도시요! 우리 엄마에겐 비밀이에요!"

어른들은 어처구니가 없어서 웃었다.

"하하, 빙빙아, 너 도시가 어디에 있는 줄은 알고 가는 거니?"

"남쪽이요!"

"그래, 남쪽에 있기는 하지. 그런데 황산의 남쪽이 어디인 줄 알고 가는 거야?"

빙빙은 농부들이 하는 얘기를 주워듣고 나름대로 계산한 남쪽을 손가락으로 가리켰다.

"해가 동쪽에서 뜨니까 반대쪽이 서쪽이겠죠. 그럼 동쪽을 오른쪽에 두고 뒤로 돌아서면 그쪽이 남쪽 아닌가요?"

농부들은 당연한 얘기이지만, 이런 생각을 어린 빙빙이 해 냈다는 것에 감탄하였다.

"집에서 글만 읽는 줄 알았더니 이런 지식도 있었나?"

"글만 읽었다면 이런 생각을 못 했겠죠. 그러니 아저씨들이 술판을 벌일 때마다 조금씩 귀동냥으로 들어야 했지요."

"으음, 역시 다른 것은 몰라도 빙빙은 머리가 참 비상하단 말이지. 잔머리가 참 잘 돌아가."

"헤헷, 저도 그렇게 생각해요."

농부들은 빙빙에게 저마다 한마디씩 해주었다.

"그런데 빙빙아, 이대로 도시까지는 못 간단다."

"왜요?"

"말을 타고도 한 달이 걸릴지 어떨지 장담을 못 하는 길이 거든. 특히나 봄에서 여름으로 넘어가는 시기엔 비가 많이 와 서 잘못하면 길이 유실될 수도 있어. 숙련된 장사치들도 힘들 어하는 길을 어떻게 어린 네가 갈 수 있겠니?"

빙빙은 농부들의 충고에 발끈해서 소리쳤다.

"아니요! 갈 수 있어요!"

"뭐, 뭐라고?"

"갈 수 있다고요! 충분히 갈 수 있어요! 난 용감하니까!"

어느새 하나둘 모여든 농부들은 바득바득 대드는 빙빙의 반응이 귀여워서 몇 마디 더 던져보았다.

"에이, 가는 길에 귀신이 나올지도 모르는데?"

"…귀신?"

"황산에는 귀신이 많아. 잘 알 텐데? 밤마다 묘지에 목 없는 귀신이 돌아다니는 것 말이야."

순간, 빙빙의 표정이 급격하게 어두워졌다.

"모, 목이 없는데 어떻게 돌아다녀요?! 거짓말!"

"진짜인데? 뭐, 빙빙이 네가 믿기 싫다면 어쩔 수 없고."

한 농부는 빙빙에게 물병을 건네주었다.

"좋아, 네가 그렇게 내려가고 싶다면 도움이 될 만한 것을 주마. 이것은 물을 담는 주머니야. 한 번 물을 뜨면 어른도 족히 하루는 버틸 수 있지. 네가 마신다면 아마 산을 내려갈 때까지 마실 수 있을 게다."

"오오, 역시 판 씨 아저씨는 말이 통하네요!"

"또 하나 말해주지."

"뭔데요?!"

눈을 말똥말똥 뜨는 빙빙에게 옆집에 사는 판지앙이 웃으며 말했다.

"황산에는 목 잘린 귀신 말고도 목말라 죽은 귀신도 있어. 그러니 귀신에게 물을 빼앗기지 않도록 조심하렴."

"…뭐라고요?"

"진심으로 말하는 거야. 이 아저씨도 몇 번인가 귀신이 쫓아와서 혼났거든."

판지앙은 손가락으로 빙빙에게 준 물병을 가리켰다.

"그 물병, 그 물병을 가지고 있을 때 귀신들이 득달같이 달려들었지."

"…에잇, 정말 왜 자꾸 그래요?! 무섭잖아요!"

"하하하! 빙빙아, 어서 내려가거라. 황산에는 대낮에도 귀신이 돌아다니니 조금만 더 늦어도 귀신들이 괴롭혀서 내려갈수도 없을 거야."

"아아, 안 들려요! 난 아저씨들이 뭐라고 하는지 아예 안 들려요!"

귀를 손가락으로 쿡쿡 쑤시다가 빼면서 나름대로 농부들에게 반항하긴 했지만 결국 빙빙은 짓궂은 아저씨들을 당해낼수가 없었다.

"빙빙아, 옆에!"

"어, 엄마야!"

결국 빙빙은 그 자리에 주저앉고 말았다.

털썩!

"하하하, 그래서 어디 마을을 내려가겠니?"

"…아저씨들 미워요!"

빙빙은 봇짐이고 뭐고 다 내려놓고 집을 향해 무작정 달려갔다.

멍멍!

"따라오지 마! 시끄러워!"

동네 개들을 죄다 끌고 달려가는 빙빙을 바라보며 동네 농부들이 배꼽을 잡고 웃었다.

"하하하! 귀엽군그래!"

"저런 딸 하나 있으면 좋을 텐데 말이야."

"그러게. 저런 딸이 있으면 아무리 일해도 힘들지 않을 텐데."

농부들은 씁쓸한 얼굴로 다시 밭으로 향했다.

*   *   *

그날 밤, 빙빙네 집으로 판지앙이 찾아왔다.

빙빙의 모친 구월령은 판지앙과 자신 사이에 호롱불과 술병을 나란히 세워두었다.

판지앙은 구월령에게 아주 정중히 술을 따라주었다.

쪼르르.

판지앙은 구월령이 술을 다 마실 때까지 기다렸다가 다시 한 잔을 따랐다.

그러자 구월령이 판지앙의 잔을 채워주었다.

그녀는 잔을 들어 건배를 제의했다.

"한잔하실까요?"

"소인이 어찌 고귀한 아가씨와 감히 대작을 하겠습니까?"

"…한잔해요."

판지앙은 난감한 표정으로 그녀를 바라보다가 결국 못 이겨서 잔을 넘겼다.

"그럼 감사히……."

꿀꺽!

잔을 모두 비운 그에게 구월령이 술병 옆에 있던 전병과 육포를 건넸다.

"드세요. 발칙하게도 이런 것들을 지금까지 숨겨왔다니, 이제 곧 상할 것 같으니 우리 둘이 다 먹어치우자고요."

"예, 아가씨."

구월령과 마주 앉은 판지앙이 빙빙의 비상식량을 먹으며 실소를 흘렸다.

"후후, 빙빙 아가씨도 이젠 머리가 제법 컸습니다. 세상에, 마을을 탈출해서 도시로 나갈 생각을 다 하다니요."

"세월은 모두에게 공평하게 흘러가는 법이니까요."

판지앙은 아주 조심스럽게 물었다.

"저, 아가씨, 이젠 다시 양주로 돌아가실 때가 되지 않았습니까?"

"…왜 그런 소리를 하시죠?"

"언제까지고 이렇게 거짓 마을 흉내를 내면서 살 수는 없는 노릇 아닙니까? 빙빙 아가씨가 컸을 때 받을 충격을 생각하면 더 이상 이곳에 있어선 안 됩니다."

"……."

"만약 아가씨께서 하산하기 힘들다고 하시면 저희들이 빙빙 아가씨만이라도 본가로 모셔가겠습니다."

구월령은 고개를 저었다.

"…그의 아이입니다. 저 아이마저 없다면 난 견딜 수 없을 거예요."

"그럼 같이 가시지요. 더 이상 빙빙 아가씨를 이곳에 가두어놓는 것은 가혹 행위입니다."

그녀는 고개를 저었다.

"아마 내가 하산하여 본가를 찾아간다면 아버지가 가만히 있지 않을 겁니다. 물론 둘째 오라버니가 저를 지켜주신다고 해도 큰오라버니와 네 명의 오라버니가 가만있지 않겠지요. 잘못하면 빙빙이가 죽을 수도 있어요."

판지앙은 그녀의 의견에 세차게 고개를 흔들었다.

"명문정파에서 아이를 죽인다는 것은 있을 수 없는 일입니다."

"…하지만 아이의 아버지가 혈마대제 천하랑이에요. 그의 이름이 가진 피의 값이 너무 무겁습니다."

그는 이를 악물었다.

"혈마대제! 그 화화공자를 진즉에 요절냈어야 하는데!"

구월령은 약간 굳은 표정으로 미소를 지었다.

"…그래도 저를 사랑했고 저 또한 그를 사랑했습니다. 그런 소리 하지 마세요."

"사랑이요? 사랑?!"

"그래요, 사랑. 그는 저를 사랑한다고 말했어요."

판지양은 그녀의 말이 채 다 끝나기도 전에 심장을 토해내 듯 열을 뿜어냈다.

"아니요! 그건 아가씨의 착각입니다! 그놈이 언제 아가씨에게 살갑게 사랑을 속삭였습니까?! 단 이틀의 정, 그동안 놈은 아가씨를 그냥 욕정을 풀기 위한 도구로 삼았을 뿐입니다!"

"…뭐라고요?!"

"그놈은 아가씨가 어떤 상황에 처하든 상관없이 살았습니다! 지금도 놈은 마인들의 수장으로서 호의호식하고 있을 뿐 아가씨의 안위 따윈 묻지도 않잖습니까?!"

그녀는 더 이상 그와 마주 앉아 술을 마시고 싶지 않아졌다.

"됐어요. 그만하세요."

"아니요, 아가씨! 이젠 그놈을 잊으셔야 합니다!"

구월령은 두 손으로 얼굴을 가린 채 조용히 울기 시작했다.

"…흑흑!"

"아가씨, 왜 우십니까? 그런 불한당을 위해 흘리실 눈물이라면 차라리 빙빙 아가씨를 위해 흘리십시오."

"그래도 내 처음이자 마지막 사랑이었어요."

판지앙은 답답한 마음에 머리를 쥐어뜯었다.

"후우!"

거친 숨을 내쉬는 판지앙에게 그녀가 물었다.

"…내가 그렇게 큰 잘못을 했나요? 이 세상은 가문의 이름이 사생아를 낳은 딸보다 더 중요한가요?"

구월령의 질문을 받은 그는 아주 무거운 표정으로 말했다.

"사생아의 아비가 누구인지에 따라 다르지요."

"……."

"만약 아가씨가 정말 따님을 아끼신다면 이제 그 정인을 놓아주십시오. 더 이상 그를 마음속에 붙잡고 있는 것은 미련에 불과합니다. 집착에 불과하다고요."

그녀는 자리를 박차고 일어섰다.

"…시간이 늦었네요. 차린 것 없이 술을 대접해서 죄송합니다. 그렇지만 당신을 위한 술상이니 가지고 돌아가세요. 저는 그럼 이만 들어가 볼게요."

판지앙은 돌아선 그녀의 뒷모습을 바라보며 입술을 짓깨물었다.

뚜둑!

이윽고 그는 구월령에게 외쳤다.

"저로는 안 되는 겁니까?!"

"…뭐라고요?"

"이 판지앙, 비록 구씨 일가의 가신이긴 합니다만 떳떳한 무인입니다. 빙빙 아가씨의 좋은 아버지가 될 자신이 있습니다."

그녀는 흔들리는 눈동자를 판지앙에게 고정하였다.

"…다시 한 번 말해봐요. 뭐라고요?"

"제가 아가씨의 정인이 되고 싶다고 말씀드렸습니다."

구월령은 눈물 어린 고개를 좌우로 흔들었다.

"안 돼요."

"무엇이 안 된다는 겁니까?"

"…저는 이미 마음속에 정인이 있어요. 그 마음을 배반하고 당신과 결혼한다면 그건 당신과 나를 모두 배반하는 일입니다."

"그런 것이 다 무슨 소용입니까? 그냥 저를 믿고 따라오시면……."

그녀는 끝내 고개를 돌렸다.

"…돌아가세요. 더는 얘기를 듣고 싶지 않네요."

"아가씨!"

"멀리 안 나갑니다."

이내 방으로 들어가 버린 그녀를 바라보며 판지앙이 깊은
한숨을 토해냈다.

"…후우, 이것 참."

그는 기생오라비처럼 생긴 천하랑의 얼굴을 떠올렸다. 그러
자 염통이 뒤틀려 울화가 터질 것만 같았다.

"개자식, 언젠가는 요절을 내주겠다!"

판지앙은 탁자 위에 있는 술병을 집어 들곤 이내 구월령의
집을 나섰다.

＊　　　　＊　　　　＊

오뉴월의 양주에는 꽃이 피었다.

웅성웅성!

수많은 상인들이 봇짐을 메고 돌아다니느라 시전은 온통
번잡하기 이를 데 없었다.

그런 시전 한복판에 삿갓을 쓴 청년이 들어섰다.

검은색 도복에 단출한 봇짐 하나만 덜렁 멘 그의 복색은
영락없는 방랑객이었다.

그렇지만 그가 삿갓을 벗었을 때엔 주변에서 탄성이 저절
로 쏟아져 내렸다.

또렷한 얼굴선과 강렬한 이목구비, 거기에 단단하고 다부진

체격은 뭇 여성들의 가슴을 설레게 만들었다.

더군다나 갸름한 턱선과 날카로운 콧날은 그의 신비한 외모에 아름다움을 더해주었다.

멀리서 본다면 아주 날렵한 쾌남처럼 보였지만 하나하나 자세히 뜯어보면 절세가인의 이목구비를 가지고 있었다.

만약 하늘에서 젊은 신선이 떨어져 내린다면 꼭 청년과 같이 생겼을 것이다.

그가 지나갈 때마다 주변에서 여자들의 비명 소리가 들려왔다.

"어머나!"

"공자님, 어찌 그리 아름답고 고귀할 수 있으신지요?!"

"저를 한 번만 안아주세요!"

여자들이 그의 뒤를 졸졸 따르느라 시장통 장사치들이 일을 못 할 지경이었지만, 정작 본인은 신경도 쓰지 않았다.

그는 자신이 원할 때 원하는 여자를 안을 수 있는 충분한 능력을 지니고 있기 때문이다.

청년의 이름은 천하랑, 10만 마도인의 수장으로 추앙받는 일월신교의 교주이다.

정파무림맹에선 그를 천하의 잔악무도한 악인이라며 욕하고 있지만 그런 무림맹의 후기지수 중 상당수가 천하랑을 사모하고 있었다.

비록 혈마대제라는 무시무시한 별칭이 붙기는 했지만 워낙 대단한 미를 뽐내는 천하랑이기에 전쟁터에서 마주쳐도 첫눈에 반하곤 했다.

정사대전이 일어났던 5년 전, 천하랑은 구파일방의 후기지수 중 성별이 여자인 무인들을 모두 자신의 편으로 만들었다.

물론 천하랑이 그녀들에게 추파를 던지거나 사랑의 언어를 속살거린 적은 결단코 한 번도 없었다.

그저 그녀들이 천하랑의 빼어난 외모와 그 특유의 신비로운 분위기에 매료되어 혼자서 북 치고 장구 치고 난리를 친 것이다.

천하랑은 오늘도 줄을 서는 여자들을 따돌리기 위해 신묘한 보법을 밟아 시장통을 빠져나갔다.

스스스, 팟!

일월신교의 귀영보가 이렇게 쓰인다는 것을 알면 사람들이 기겁하겠지만, 천하랑에겐 이미 일상이 되어버렸다.

눈 깜짝할 사이에 사라져 버린 천하랑을 두고 여자들이 눈물을 흘렸으나 그에겐 하등 상관이 없는 일이었다.

그는 양주에서 가장 큰 객잔이자 호화 주루인 양화장을 찾았다.

천하랑이 양화장에 들어서자 점소이는 재빨리 가장 높은 최고급 연회석으로 안내하였다.

"아이고, 오셨습니까요?! 이쪽으로 오시지요!"

"고맙네."

양화장에서 쓴 돈이 황금으로 한 궤짝은 될 법한 천하랑이기에 그를 대접하는 손길이 분주할 수밖에 없었다.

천하랑이 양화장 연회석에 들어서자 주인장이 기루에서 최고로 인기가 많은 여자들을 데리고 들어왔다.

"대인, 양가입니다. 오랜만에 뵙지요?"

"그렇군. 한 3년쯤 되었나?"

"예, 그렇습니다. 한동안 대인께서 찾지 않으셔서 저희 양화장을 잊으신 줄 알고 내심 놀랐지 뭡니까?"

"양주의 양화장을 모르는 무림인도 있나? 내가 잊어도 이곳은 문전성시를 이룰 테니 뭐가 걱정인가?"

"하하, 그렇지가 않습니다. 대인처럼 품위 있는 귀인이 찾아주셔야 저희 양화장의 품격도 높아지니 대인이 계시지 않으면영 장사가 되지 않습니다."

"자네는 여전히 말을 잘하는군."

"이 양가, 사실만을 말씀드리는 겁니다."

실제로 천하랑이 양화장에 머물면 매출이 평소의 열 배는족히 뛰는 데다 그가 쓴 돈을 보고 고관대작들이 너, 나 할것 없이 줄을 지어 양화장을 찾아온다.

그러니 굳이 천하랑이 이곳에 돈을 쓰지 않아도 양화장은 그가 묵는 것만으로도 이득이 되는 것이다.

양화장의 주인은 천하랑이 머무는 동안 기루에서 데려다 노는 여자들의 화대를 대신 내어주면서 그를 붙잡았다.

천하랑이야 돈이 남아돌아 쓸 데가 없는 사람이지만 공짜로 여자들을 데리고 놀 수 있다면 굳이 마다하지는 않았다.

자신이 마음에 드는 술자리에선 열 여자 마다하지 않는 사람이 바로 천하랑이기 때문이다.

그는 무려 스무 명이나 되는 기녀들을 자신의 곁에 앉혔다.

"모두 다 앉거라. 기왕지사 이렇게 왔으니 오늘 죽을 때까지 한번 마셔보자꾸나."

"호호, 역시 대인께선 배포가 크시네요!"

천하랑이 본격적으로 술자리를 시작할 때쯤 문이 열리며 한 여인이 들어섰다.

순백색 도복에 개나리처럼 노란 겉옷을 입은 그녀는 연회석 끄트머리에 서서 포권을 취했다.

척!

"반갑습니다. 아미파의 공영하라고 합니다."

"아미파?"

"장문께서 이 근방을 지나다가 대인이 이곳에 있다는 소식을 듣고 대작을 청하고 있습니다. 괜찮으시다면 기녀들 대신 저희 아미파와 한잔 어떠신지요?"

천하랑은 한창 흥이 올랐다가 이내 식어버렸다.

"…나를 감당할 수 있겠소? 난 좀 거칠게 노는 사람인데?"

"알고 있습니다. 하지만 장문을 만나게 되신다면 얘기가 달라질 것이라고 확신합니다."

그는 자신이 아는 아미파와 관련된 여자들의 얼굴을 떠올려 보았다.

이렇게 대작까지 청하는 것을 보면 누군가 만리장성을 쌓았다가 혼자 연정을 품고 억하심정을 가진 것이 뻔했기 때문이다.

하지만 누가 그에게 억하심정을 품고 장문까지 동원한 것인지는 도저히 감을 잡을 수가 없었다.

물론 기억이 나지 않는 것이 아니라 그런 여자가 하도 많아서 누구를 콕 집을 수가 없었던 것이다.

천하랑은 심드렁한 표정으로 물었다.

"장문의 성명이 어떻게 된다고 하시오?"

"은설란입니다."

순간, 천하랑의 미간이 미묘하게 일그러졌다.

"…은설란? 그녀는 5년 전에 파문당했다고 하지 않았소?"

"그랬지요. 하지만 아미파의 절기인 금정신공을 극성으로 연성하여 다시 후계자의 반열에 올랐습니다. 그리고 1년 전엔 장문이 되셨지요."

은설란은 정사대전을 치를 당시 천하랑에게 첫눈에 반하여 무려 5년을 끈질기게 쫓아다니다가 음독을 사용하여 천하랑과의 동침에 성공한 희대의 집착녀였다.

비록 절세가인이라는 소리를 밥 먹듯이 듣는 그녀이지만 천하랑에게는 그냥 지독한 집착을 가진 광녀로 보일 뿐이었다.

천하랑은 질렸다는 표정으로 고개를 내저었다.

"술맛이 떨어졌으니 이만 돌아가겠다고 전하시오. 난 이만……."

"잠깐!"

그가 기루를 떠나려는 찰나, 연회장의 문이 뚫리면서 은설란이 들어섰다.

콰앙!

행여나 천하랑이 도망칠까 걸리적거리는 문을 파괴시켜 버린 은설란은 무려 50명이나 되는 제자들을 대동하고 있었다.

천하랑은 기가 차서 말도 나오지 않았다.

"이제는 하다하다 별짓을 다 하는군. 그렇게까지 해서 나를 취하면 행복하겠나?"

그녀는 천하랑을 보자마자 애틋한 눈빛을 내뿜으며 다가왔다.

"…서방님이 안 계시는 삶은 죽은 것이나 마찬가지입니다. 이 설란, 천씨 일가의 귀신이 되고자 10년 전부터 마음먹었습니다."

옥쟁반에 은구슬 굴러가듯 간드러지는 그녀의 교태에도 천하랑은 몸서리를 쳤다.

"끔찍한 소리를 하는군. 지금도 얼굴을 보기 싫은데 혼백이 되어서까지 우리 집안을 떠돌겠다고? 차라리 무간지옥에서 밭을 매고 말지."

"그래도 저는 서방님을 사모하옵니다. 이년의 마음을 부디 거절하지 말아주세요."

천하랑에게 다가온 그녀는 한껏 숨을 들이켜 그의 체취를 머금었다.

"흐음! 하아, 그래! 서방님의 체취, 저를 숨 쉬게 하는 원동력이죠."

"……."

그는 더 이상 이곳에 있다간 무슨 일이 일어날지 모른다는 생각이 들었다.

"아미파 장문이 이래도 되는 건가? 명문정파의 장문이라는 여자가 색이나 밝히면 되겠냐는 말이야."

"여자가 한 남자를 사랑하면 색을 밝힐 수도 있는 것 아닌가요? 더군다나 그 상대가 정인이라면 이보다 더 좋을 수는 없지요."

"…그거야 그쪽 생각이고."

천하랑은 이제 그만 이곳에서 벗어나기로 했다.

스스스스!

검붉은 진기가 끓어오르는 천하랑의 몸에서 은은한 연꽃 냄새가 풍겨나기 시작한다.

이미 화경을 지나 현경으로 향하는 천하랑의 진기가 그야 말로 물이 올랐다는 증거이다.

이 세상의 모든 진리를 깨닫기엔 조금 부족한 나이였지만 무에 대한 진리는 이미 통달을 했다는 소리다.

천하랑이 아미파의 제자들에게 말했다.

"…정사대전 이후 정파의 고수들을 죽인 적이 없다. 나는 충분히 살생을 저질렀고, 그로 인해 정파의 사파 탄압이 사라 졌기 때문이다. 그럼에도 불구하고 오늘 살생을 저지른다면 나에겐 과오가 될 것이다. 하지만 만약 저 정신 나간 여자를 따라 굳이 나를 속박하겠다면 결코 가만있지는 않을 테다."

지금까지 천하랑은 자신의 앞을 가로막는 자들을 모조리 죽여 왔지만 쓸데없이 손에 피를 묻히는 사람은 아니었다.

그 역시 감정이 있는 인간이기 때문에 자신보다 못한 사람 들을 그저 도륙하는 것을 즐기지는 않았다. 다만 정파의 무림 인들이 사파의 거두라고 그를 깎아내리기 때문에 인식이 잘 못 박힌 것뿐이다.

그 사실을 아주 잘 알고 있는 은설란이기에 자신의 뜻을 끝까지 밀어붙일 수 있었던 것이다.

그녀는 이번에도 육탄 공세로 천하랑에게 달려들었다.

"서방님, 사모합니다!"

"…끝까지 말귀를 못 알아듣는군!"

천하랑은 득달같이 달려드는 그녀를 밀어내기 위하여 장을 쳤다.

"혈화선장!"

쉬이이익!

핏빛의 꽃이 날아가 그녀의 신형을 덮쳤지만, 그녀는 공격을 피하거나 그에 대항하지 않고 오히려 장에 몸을 맡겼다.

퍼엉!

"어흐으윽!"

"젠장!"

천하랑은 황급히 수를 거두고 그녀에게 깃든 혈화선장의 내가진기를 회수하였다.

출수한 내가진기를 회수하는 것이 그리 쉬운 일은 아니었지만, 그렇다고 자신이 좋다고 달려드는 여자를 죽일 수는 없는 일이다.

하다못해 사람이 좋다고 달려드는 똥개를 죽이는 데도 마음이 그리 좋지 않을 터인데, 하물며 동족인 사람을 죽이는 것이 쉬울 리 없었다.

천하랑은 혀를 내둘렀다.

"정말 가지가지 하는군. 정말 꼭 그렇게까지 해야겠나?"

"쿨럭쿨럭! 서방님, 저는 서방님이 저를 소박을 할 때마다 죽고 싶습니다. 차라리 이렇게 한 대 맞으니 속이 시원하군요."

"…정말 정신머리가 어떻게 된 모양이다."

그는 사람을 때려선 일이 쉽게 풀리지 않을 것임을 잘 알고 있었다.

천하랑은 장법을 정면이 아닌 위로 쳐올렸다.

콰앙!

그러자 기루의 지붕이 뚫리면서 그의 퇴로가 생겨났다.

그는 곧장 뚫린 지붕으로 신형을 쏘아 올렸다.

파밧!

순간, 은설란이 피를 토해내듯 외쳤다.

"안 돼! 잡아! 잡으란 말이야!"

"예, 사부님!"

천하랑이 하늘 위로 도망치는 가운데 50명의 아미파 제자들이 따라붙었다.

천하랑은 내가진기를 목청으로 풀어냈다.

"흐업!"

쾅!

그의 사자후가 터지자 뒤따르던 제자들이 귀에서 피를 흘리며 떨어져 내렸다.

"으으윽!"

이제 더 이상 그녀들의 추격을 받지 않게 된 천하랑은 간신히 양주를 빠져나갈 수 있었다.

*　　　　*　　　　*

정파무림맹의 본거지인 북경에 구파일방과 칠대세가의 대표들이 모여들었다.

무림맹의 맹주인 남궁세가의 가주 천명이 대표들을 소집한 이유에 대해서 설명하였다.

"…지금 무림맹의 권위가 밑바닥까지 추락했습니다. 그 이유에 대해서는 잘 아시겠지요?"

"크흠!"

남궁천명은 정파무림맹의 최대 적인 천하랑이 무림맹의 여식들을 하도 후리고 다니는 바람에 맹의 권위가 실추되었다고 비판하였다.

"심지어 아미파의 장문은 대놓고 천하랑 그 작자를 쫓아다니면서 집착에 가까운 행보를 보이고 있다지요. 이게 말이 되는 소리입니까?"

"험험, 하지만 이건 우리가 어쩔 수 있는 일이 아닙니다. 그 놈이 그렇게까지 빼어난 인물을 가지고 있으니 문제지요."

"…인물이 빼어나도 사파의 거두일 뿐입니다."

무림맹의 일원에게 더 이상의 소란이 일어나지 않도록 강력하게 자신의 뜻을 피력하고 있던 남궁천명에게 소림의 방장 임성추가 말했다.

"무량수불, 그런 천하랑에게 자식이 있다는 소리가 들리더군요."

"…자식?"

"듣자 하니 구씨 성을 가졌다고 하던데, 아마도 모친의 성을 따른 것이겠지요."

"구씨?"

"북경 구씨의 후손이 아이를 낳았는데, 그 아비가 천하랑이랍니다."

순간, 무림맹의 구파일방은 물론이고 칠대세가의 시선이 남궁천명을 향했다.

"남궁가주의 처가가 구씨였지요?"

"……"

북경의 구씨 일가라면 남궁세가보다 더한 권세가이고 조정의 실권을 죄다 휘어잡은 정치 명문이다.

지금의 남궁세가가 있을 수 있는 것도 모두 처가인 구씨 일가의 권력 덕분이다.

남궁천명은 떨떠름한 표정으로 답했다.

"무슨 말인지 도통 알아들을 수가 없구려. 우리 처가가 무슨……."

"아니, 처가가 아니라 원래는 남궁씨를 썼다고 하던데요."

"…뭐요?"

"남궁씨를 썼다가 천하랑의 아이를 낳고 파문을 당하여 구씨로 성을 갈았다고 하던데요?"

순간, 주변이 떠들썩해지기 시작했다.

"남궁세가에서 천하랑의 씨를?!"

"허어! 별의별 일이 다 있군!"

"악마의 씨를 받았어!"

남궁천명은 고개를 저었다.

"…그런 일 없소이다."

"그런 일이 없다면 8년 전에 사라진 둘째 따님은 지금 어디에 계십니까?"

"……."

"멀쩡한 처녀가 배가 불러서 사라졌는데 찾지도 않은 것 같더군요."

소림의 공격을 받은 남궁천명이 버럭 소리쳤다.

"…이 사람들이 정말?! 이보시오, 지금 근거도 없는 소리로 우리를 모함할 참이오?!"

"근거가 왜 없소?"

한차례 언쟁이 이어지는 가운데 개방의 장로 이명정이 두 사람 사이에 끼어들었다.

"이, 이 장로?"

"우리 개방이 눈먼 장님인 줄 아시오? 그렇게 엄청난 일을 우리가 두 눈 뜨고 놓칠 줄 알았단 말이오?"

구파일방은 물론이고 무림 최고의 정보통인 개방의 말은 그만한 무게감을 갖는다.

남궁세가는 이로써 궁지에 몰리게 되었다.

소림과 개방은 남궁세가가 천하랑의 아이를 낳았다는 것을 빌미로 그들을 무림맹주에서 끌어내리자고 주장하였다.

"사파의 거두, 그것으로도 모자라서 혈마대제라 불리는 천마의 아이를 잉태하여 출산까지 한 집안을 우리의 대형으로 모실 수는 없는 일이오!"

"아미타불, 원죄로다!"

안 그래도 무림맹 내에서 점점 입지가 좁아지고 있던 남궁세가는 더 이상 물러날 곳이 없어져 버렸다.

남궁천명은 무림맹주를 상징하는 옥패를 집어 던졌다.

쨍그랑!

옥패가 깨지면서 산산조각이 나자 그는 큰소리로 외쳤다.

"홍! 그래, 어디 한번 우리 남궁세가 없이 무림맹이 잘 돌아가는지 봅시다!"

"허어! 이보시오, 남궁가주! 그렇다고 무림맹을 등지고 마두의 편에 서려는 것이오?!"

"마두의 편은 무슨! 나는 이제부터 그 어떤 누구의 편도 들지 않을 것이오! 그리 알고 앞으론 나를 찾지 마시오!"

남궁천명은 그대로 무림맹을 나가 버렸고, 남은 대표들은 난감한 표정으로 소림과 개방을 바라보았다.

"이젠 어쩔 것입니까? 남궁세가가 빠져 버렸으니 앞으로 무림맹의 자금줄은 누가 이끌어 나간단 말입니까?"

"홋, 저런 어중이떠중이 졸부는 없어도 그만이오. 우리 개방이 알아서 하겠소."

"정말입니까?"

"후후, 천하제일방인 우리 개방을 못 믿겠다는 것이오? 아무리 개방의 끗발이 다 떨어졌다고 해도 그런 자금줄 하나 섭외하지 못할 것 같소?"

"으음."

"두고 보시오. 지금보다 더 나은 무림맹이 될 테니."

개방의 눈빛에 자신감이 넘쳐흐른다.

*   *   *

양주에서 한차례 입맛을 버린 천하랑은 남경에서 회포를 풀기로 했다.

이번에는 최고의 기루나 여각을 내버려 두고 시장통에 있는 작은 여각을 타깃으로 삼았다.

너무 화려한 술집으로 들어가면 여자들이 가만히 놓아두지 않을 것이라고 생각했기 때문이다.

그는 홀로 앉아 술잔을 기울였다.

꿀꺽!

"크흐, 좋군."

천하랑은 어디를 가든 파리처럼 꼬여드는 여자들 때문에 하루도 편히 지낼 날이 없었다.

그럼에도 불구하고 천하랑은 어느 한순간 마음이 동하면 또 다른 여자를 만나서 하룻밤을 지새울 것이다.

아무리 무공의 경지가 높다고 해도 그는 어쩔 수 없는 남자였던 것이다.

늦은 밤, 술을 한 잔 넘기던 천하랑의 귀로 불현듯 빗소리가 들려왔다.

쏴아아아!

그는 점소이 대신 음식을 나르는 주인 부부에게 말했다.

"비파 하나 있으면 좀 주시구려."

"비파요?"

"만약 비파가 없다면 칠현금이라도 괜찮소."

주인 부부는 천하랑에게 비파와 칠현금 두 개를 모두 건넸다.

"우리가 오래도록 사용하지 않아서 소리가 잘 날지는 모르겠습니다만, 이것이라도 괜찮다면 쓰십시오."

"고맙소."

천하랑은 꽤 오래되어 보이는 칠현금에 손을 올렸다.

디리리리링!

어려서부터 무공의 길이 막히면 악기를 접해온 천하랑은 특히나 현악기에 대한 이해도가 높았다.

사파무림은 물론이고 정파무림에서도 그의 현악 실력을 인정하는 바, '천상금'이라는 칭호까지 붙었다.

아직까지 그보다 더 뛰어난 실력을 가진 악사는 등장한 역사가 없기 때문에 아무리 극찬을 받아도 모자람이 없었다.

디디디디딩!

처음엔 다소 느릿하게 시작된 천하랑의 현악은 시간이 지날수록 점점 빨라지더니 이내 격정적인 물결을 만들어냈다.

마치 잔잔하던 바다에 파도가 몰아치다가 사그라지듯 격정적인 연주가 다시 잦아들고 또다시 빨라지기를 반복하며 긴장감을 이어나갔다.

그러다가 후반부에 들어서는 사람의 슬픔과 아련함을 자극하는 선율로 주변을 눈물로 물들였다.

디딩.

그가 칠현금에서 손을 놓았을 때는 여각을 지나던 사람들이 죄다 모여들어 인산인해를 이루었다.

하지만 그 어떤 누구도 천하랑이 일어설 때까지 숨소리도 내지 못했다.

잠시 후, 천하랑이 마침내 자리에서 일어나 술자리로 걸어갈 때가 되어서야 함성이 터져 나왔다.

짝짝짝짝!

"이야, 기가 막히는군!"

"하늘이 내린 소리야!"

"아아! 저 소리를 집 안 구석에 가두어두고 내내 듣고 싶군!"

온갖 극찬이 이어졌으나 천하랑은 어쩐지 뒤통수가 쿰쿰해지는 느낌을 받았다.

'사람이 너무 많이 모여들었다. 음악에 취해서 그만 정신줄을 놓고 말았어.'

천하랑은 이제 그만 자리를 옮겨 다른 곳에서 술을 마셔야겠다고 생각했다.

"주인장, 여기 술값……."

그가 술값을 지불할 때쯤 검은색 우의를 입은 처자가 은자를 먼저 내밀었다.

"술값은 이것으로 치르시고 남는 돈은 가지세요."

"감사합니다요!"

천하랑은 큰일을 보고 밑을 안 닦은 듯한 찜찜한 눈으로 여인을 바라보았다.

"…고맙소."

"후후, 별말씀을요."

순간, 천하랑과 눈이 마주친 그녀가 싱긋이 미소를 지었다.

"오랜만이죠?"

"당정혜?"

"저를 기억해 주시네요? 전 당신이 나를 잊었으면 어쩌나했어요. 솔직히 잊었다면 암기로 목덜미를 그어버릴까 하는 생각도 했고요."

당정혜, 이미파의 은설란이 육탄 공세로 천하랑을 괴롭게한다면 그녀는 틈만 나면 그를 못 죽여서 안달이 난 여자였다.

지금까지 그녀가 천하랑에게 쏟아부은 독의 종류만 해도무려 500가지가 넘을 정도이고 암기의 숫자는 차마 헤아릴 수도 없을 지경이다.

그녀는 천하랑이 자신만을 바라보는 무지렁이 바보로 살기를 바랐다.

"내가 밥을 줄 때 먹고 자랄 때 자는 인형이 되어줘요. 술 값은 해야지요?"

"또 시작이군. 그대는 내가 바보처럼 침이나 질질 흘리며 칠 푼이처럼 살았으면 좋겠나?"

"그게 제가 바라는 것이지요. 그렇게만 된다면 영혼이라도 팔겠어요."

"…중증이야."

"그렇지만 이 또한 사랑입니다. 당신을 향한 나의 애정 표현 이라고요."

"이 세상의 어떤 남자가 자신을 반병신으로 만들어 데리고 살겠다는데 좋다고 따라나서겠나?"

"그럼 어떻게 할까요? 당신이 잘났으니 못나게 만들어서 살 아야지 별수 있나요?"

"최악, 악 중의 악처로군."

"그래도 사랑해요. 나의 꼭두각시가 되어줘요."

그녀가 천하랑에게 또다시 암기를 드리울 때쯤 여각의 문 이 열렸다.

쾅!

"그 더러운 손 치우지 못해!"

"…은설란?"

"아직도 내 서방님을 잊지 못해 따라다니고 있다니, 주리를 틀어 저잣거리에 효시를 해야겠군. 멀쩡한 여자의 남편을 데리고 서방질하다가 주리가 틀려 죽었다고 말이야."

"누가 할 소리를?"

정말이지 오만 정이 다 떨어지는 그녀의 집착이지만 이번만큼은 그녀가 달갑게 느껴진 천하랑이다.

"그래, 은설란. 차라리 그쪽과 함께 사는 편이 낫겠어."

"…낭군님!"

"뭐야?! 저런 빌어먹을 연놈을 보았나?!"

천하랑의 도발에 걸려든 당정혜가 독이 묻은 암기로 은설란을 찔러 죽이려 하였다.

그는 이때다 싶어 재빨리 신형을 뒤로 물렸다.

아미파의 장문과 당문의 고수가 싸운다면 분명히 박빙이긴 하겠지만 누구 하나 죽는 일은 없을 것이라고 생각한 것이다.

하지만 천하랑의 예상은 빗나가고 말았다.

퍼억!

은설란이 도취하여 미처 암기를 피하지 못하고 그것을 맞아버린 것이다.

푸하아아악!

순간, 그녀의 피로 주변이 온통 빨갛게 물들었다.

천하랑은 두 눈을 동그랗게 떴다.

"설란!"

"쿨럭쿨럭!"

그녀는 다 죽어가는 도중에도 미소를 지으며 말했다.

"…드디어 내 이름을 애타게 불러주시는군요. 이대로라면 죽어도 좋아요."

"무슨 그런 말도 안 되는 소리를……?"

천하랑은 일단 그녀의 혈도를 짚어서 출혈이 멈추도록 했다.

툭툭!

피는 멈추었지만 해독제가 없다면 그녀는 반 시진을 버티지 못하고 죽고 말 것이다.

그는 당정혜를 바라보며 외쳤다.

"해독제! 어서 해독제를 내놔!"

"…흥! 내가 왜 그래야 하는데?"

"사람의 목숨이 달렸어! 이대로 죽게 내버려 둘 거야?! 어서 해독제를 내놔!"

"싫어!"

순간, 천하랑의 분노가 폭발하여 주변을 핏빛의 안개로 물들였다.

스스스스!

천마신공으로 인해 두 눈에서 붉은색 안광이 번쩍거리는

천하랑이 살기등등한 목소리로 그녀에게 물었다.

"…사람의 목숨이 그리 우습나? 네 목숨도 저렇게 허무하게 빼앗아주길 바라나?"

"그, 그건……."

제아무리 당정혜가 천하랑을 불구로 만들겠다고 독을 썼어도 지금처럼 화를 낸 적은 없었다.

처음으로 천하랑의 분노를 목격한 그녀는 자신도 모르게 해독제를 꺼내어 내밀었다.

"여기……."

해독제를 낚아채듯 빼앗은 천하랑은 은설란의 입에 해독제를 흘려 넣었다.

"쿨럭쿨럭!"

다행히도 검붉은 피를 토해내며 해독을 시작한 은설란이었지만 이미 목덜미 깊숙이 암기가 박혀서 가망이 없었다.

그녀는 눈물까지 흘리며 웃었다.

"당신이 나를 위해 생전 내지 않던 화를 다 내는군요. 기뻐요."

"…무슨 말도 안 되는 소리를 하는 거야? 너는 그리도 무식한 여자였나?"

"무식하죠. 죽을 때까지 당신을 사랑했으니."

이윽고 그녀는 생명의 끈을 놓아버렸다.

털썩.

천하랑은 힘없이 툭 축 늘어져 버린 그녀의 손을 꼭 잡았
다.

"젠장! 젠장!"

당정혜는 그런 천하랑과 그녀를 바라보며 실성한 듯 웃었
다.

"오, 오호호! 그럴 줄 알았어! 천벌을 받은 거라고! 오호호!"

"…정신을 놓았는가?"

아마 당정혜도 홧김에 그런 일을 저지른 듯 멀쩡한 사람을
찔러 죽인 것에 대한 죄책감에 시달리고 있었다.

천하랑은 당정혜에게 사람을 찌른 암기를 내밀었다.

"가지고 가라. 그리고 죽을 때까지 속죄해라."

"……."

그는 은설란의 시신을 가지고 천천히 여각을 빠져나갔다.

*   *   *

추운 겨울, 천하랑은 홀로 설원을 거닐고 있다.

휘이이잉!

어느새 정사대전 이후로 20년이 흘렀고, 이제는 명실공히
무림지존이라는 칭호를 얻게 된 천하랑이다.

하지만 정사를 막론하고 막강한 권력을 틀어쥐게 되었음에도 불구하고 가슴 한쪽이 허전했다.

'그녀는 좋은 곳으로 갔을까?'

은설란의 죽음 이후 당정혜 역시 광증을 앓다가 끝내 자살로 생을 마감하였다.

도대체 무슨 남자의 삶이 이리도 기구한지 그는 이제부턴 더 이상 여자를 가까이하지 않겠다고 다짐했다.

인간의 성욕에 못 이겨 여자를 찾을 것이라면 차라리 홍등가를 찾아가고 말지 이제 더 이상 누군가에게 연정의 기회를 허락하지 않을 것이다.

한참이나 설원을 거닐던 그에게 전서구 한 마리가 날아들었다.

푸다다다닥!

구우구우!

천하랑은 전서구 발목에 매달려 있는 편지를 꺼내어 보았다.

명일 묘시, 빈소의 위치는 남궁세가 장원

그는 고개를 갸웃거렸다.

"남궁세가?"

자신에게 무슨 남궁세가의 장례식인가 싶던 그의 눈동자에 저 멀리 한 묘령의 여자가 들어왔다.

이미 현경에 접어든 천하랑이기 때문에 아주 멀리서도 그녀의 얼굴이 또렷하게 보였다.

순간, 그는 흠칫 놀랄 수밖에 없었다.

묘령의 여인은 아주 서럽게 눈물짓고 있었는데, 그 모습이 자신과 무척이나 닮아 있었기 때문이다.

그는 남궁세가라는 이름과 자신의 얼굴을 섞으면서 한 여자의 이름을 떠올렸다.

'남궁월령?!'

순간, 천하랑은 그녀가 자신의 딸일지도 모른다는 생각이 들었다.

"설마……."

그는 딸일지도 모를 그녀를 조금 더 가까이서 보고 싶었다.

하지만 정작 그는 온몸이 딱딱하게 굳어서 더 이상 움직일 수가 없었다.

결국 천하랑은 딸이 떠나가도록 내버려 두었다.

'언젠가는 만나게 되겠지. 만약 기회가 허락된다면…….'

그녀는 떠나갔다. 그리고 천하랑 역시 발길을 돌렸다.

*　　　　　*　　　　　*

홀로 술집에 앉은 화수가 술을 넘기고 있다.

꿀꺽!

"크흐, 쓰구나."

성희가 출장을 가는 바람에 대전에 혼자 남은 화수는 남궁월령에 대한 기억을 떠올리며 혼자 술잔을 기울이고 있었다.

그는 남궁월령의 장례식에 갔었지만 빈소에 얼굴을 들이밀지는 못했다.

남궁월령이 집안의 반대를 무릅쓰고 자신의 아이를 낳았다가 파문을 당하고 객지에서 목을 맸다는 사실을 알았기 때문이다.

그녀가 목을 맨 이유는 남궁세가의 가세가 자신 때문에 기울었고, 그 악순환을 끊어버리기 위함이었다.

한마디로 그녀는 천하랑이라는 남자와 연을 맺어 아이를 잉태하고 그 둘 때문에 목숨을 버린 것이다.

그 이후로 천하랑이라는 남자는 여자를 가까이하지 않았지만 죽은 목숨은 다신 돌아오지 않았다.

물론 그 이후론 남궁월령의 딸이 어떻게 되었는지도 알 수가 없었다.

화수는 씁쓸함에 술을 한 잔 더 넘겼다.

꿀꺽!

"후우……."

한참을 혼자 술을 넘기던 화수에게 제이나로부터 전화가

걸려왔다.

지이이잉!

그는 전화를 바라보다가 이내 그것을 뒤집어 수신을 거부해 버렸다.

거절 메시지를 전송합니다.

이제 그는 더 이상 여러 여자와 엮이는 삶을 살고 싶지가 않았다.

"미안하다."

그녀의 마음이 명확한 바, 화수는 천하랑의 실수가 반복되도록 지켜볼 수가 없었다.

마음이 아프긴 하지만 어쩔 수 없는 선택이었다.

그는 홀로 연거푸 술잔을 비워냈다.

『현대 천마록』 9권에 계속…

초대형 24시 만화방

신간 100%, 샤워실, 흡연실, 수면실(침대석), 커플석, 세탁기 완비

■ 시흥 정왕25시점 ■

경기 시흥시 정왕동 1742-13 미스터피자 건물 5층
031) 319-5629

■ 강북 노원역점 ■

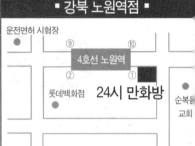

서울 노원구 상계동 340-6 노원역 1번 출구 앞 3층
02) 951-8324 (화용빌딩 3층)

■ 일산 정발산역점 ■

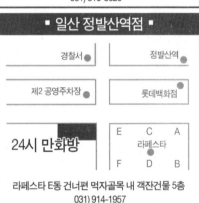

라페스타 E동 건너편 먹자골목 내 객잔건물 5층
031) 914-1957

■ 일산 화정역점 ■

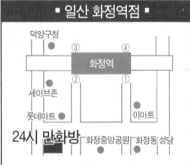

경기도 고양시 덕양구 화정동 984번지 서일빌딩 7층
031) 979-4874 (서일사우나 건물 7층)

■ 부천 역곡역점 ■

역곡남부역 기업은행 건물 3층
032) 665-5525

■ 부평역점 ■

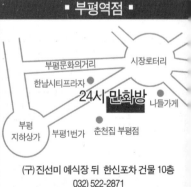

(구) 진선미 예식장 뒤 한신포차 건물 10층
032) 522-2871

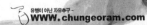

현윤 장편소설
FUSION FANTASTIC STORY

현대 무림 지존

무참히 살해당한 부모님의 복수를 위해
모든 걸 걸었다!

『현대 무림 지존』

"너희들의 머리 위에 서 있는 건 나다."

잔혹한 진실을 딛고 진정한 무인으로 거듭나는
태하의 행보를 주목하라!

미러클
테이머

인기영 장편소설

FUSION FANTASTIC STORY

MIRACLE
TAMER

이계로 떨어져 최강, 최고의 테이머가 되었다.
그러나… 남은 것은 지독한 배신뿐.

배신의 끝에서 루아진은 고향 지구로 되돌아오게 되는데……
몬스터가 출몰하기 시작한 지구!
그리고 몬스터를 길들일 수 있는 테이머 루아진!
그 둘의 조합은……?

『미러클 테이머』

바야흐로 시작되는
테이머 루아진과 몬스터들의 알콩달콩한
대파괴의 서사시!!

2016년의 대미를 장식할 최고의 스포츠 소설!!

Career record : 984W 26L
Career titles : 95
Highest ranking : No.1(387weeks)
Grand Slam Singles results : 23W
Paralympic medal record : Singles Gold(2012, 2016)

약 십 년여를 세계 최고로 군림한 천재 테니스 선수.
경기 내내 그의 몸을 지탱하고 있는 것은…… 휠체어였다.

『그랜드슬램』

휠체어 테니스계의 신, 이영석(32).
그는 정상의 자리에서도 끝없는 갈망에 사로잡혀 있었다.

"걷고 싶다, 뛰고 싶다. …날고 싶다!!"

뛸 수 없던 천재 테니스 선수
그에게, 날개가 달렸다!!!

Book Publishing CHUNGEORAM

유행이 아닌 자유추구 -
WWW.chungeoram.com

GAME BALL

게임볼 설경구 장편 소설
FUSION FANTASTIC STORY

무명의 야구인이었던 남자,
우진이 펼치는 야구 감독으로서의 화려한 일대기!

『게임볼』

"이 멤버로 우승을 시키라고?"

가상 야구 게임,
게임볼을 통해 인생 역전을 꿈꾸는

한 남자의 뜨거운 행보에 주목하라!

Book Publishing CHUNGEORAM

유행이 아닌 자유추구 -
WWW.chungeoram.com